陳芳

時光

時間的河流淌，流淌——
感謝文字，讓我
在一去不返的河流中，
總算留下了足跡。

這一串小小的足跡旁，
能疊印上新的一行足印嗎？
以文字結緣，
我滿心期待着。
（電郵：xiaoliansuo@gmail.com）。

陳　芳
二〇二三年八月

目錄

錢的故事

一

十一月四日中午，言朖在柳林村甘味烏冬專門店和同事午膳，把錢放在餐廳結賬的黑皮夾中就安心走了。過了幾天，言朖想不明白，為什麼荷包沒有大鈔了？

回想起為北京林姐姐買了套趙紫陽四大卷文集，林姐姐來港，給的一千元紙鈔明明收好了。莫非，把一千元當做一百元給了店鋪？

八日中午，再去甘味用膳，順道問問。店伙計用心聆聽詳情。最後，欣然拎出裝着錢的透明小膠袋，完璧歸趙。郭威瞧見傻了眼說：真的這麼做？包好了錢等着還給迷糊人。

覰着手中完璧，言朖也自問：「是真的嗎？」

二

綠色地鐵站出口，向左一拐，是窄窄、熱鬧的街道，商場、茶餐廳、藥店，一間銜接着一間。放眼看去，街道盡頭，隔了一條橫街，有棵大榕樹，朝着大榕樹走，不消幾分鐘，就到達童軍總會龍堡國際賓館。

對，考不倒人，這裏就是佐敦。

與龍堡賓館斜對着，有一家韓國女裝小店，舖面佈置清新別致，女店員年輕友善。不管二三十歲還是四五十歲的女性，都可以在小店裏找到合意的衣裝。

言賏第二回來這家店。

一入店舖，言賏就遇見一個失魂「影子」搶着說：「我可能——可能——落下一件衣服在這裏。買了四件，回家數一數只有三件。沒有收據，怎麼辦？」店員推究她買衣服那天是哪個同事看店，細心描述店員的身高樣貌，輕聲細氣請她星期五再來問明白。

言賏這個失魂形，還沒打開黑色長外套，店員小姐就開腔道：「口袋那裏縫錯了線，打了皺摺吧？好的，換一件。」言賏失語，彷彿覷見庖丁解牛。

言賏拎着衣服，心滿意足向前走，把榕樹落在身後。

地鐵站入口，街道拐彎處，男人吹着口琴，白髮蕭蕭，神朗體清，化緣的帽子栽在腳邊。言朖鑽進入口，打開錢包看，只有一張一百元，沒有零錢。算了，往下走。

或許只經過這一回。

言朖終往回走。覺得吹口琴男人一切看在眼裏，匆匆放下一百元，一溜煙跑進入口，做了壞事似的。

「一百元紙鈔，原來這麼有出息！」言朖自言自語。

三

「二〇〇七年，你開始編我的稿。」聽文先生這麼道來，言朖恍然——見面是這麼定下的。文先生從東京、京都、奈良一路照顧雨遐和言朖，傾訴綿綿不絕的話。談話的熱情，是雨遐和言朖平生所見第一，不可能再有第二。

車費、展覽館和寺院入場費，等等，等等，文先生往往先墊付了。言朖大概記下了數，在奈良分別的那天，還給文先生。文先生只取了小數額，餘下硬是不收。仨人在寬永堂前舖後店的茶室中坐着，相持不下。

簡直拗不過。

文先生去看店舖賣的各色糕點甜品，言賏問雨遐，放進文先生背囊裏吧。雨遐說，趕快！

寬永堂結賬時，文先生硬邦邦地說，那麼，各自結賬吧。

到了京都車站，雨遐和言賏回去清水五條民宿，文先生還有漫漫長路，才能回東京去。那晚他十點五十分才到靠住處的站。

事後告訴文先生，他萬分懊惱，怎麼奈良去京都途中一直沒有注意到。那時候，雨遐和言賏倒是很機靈，注意他的動靜，害怕紙包不住火似的。

文先生還說：「我帶了很多錢，本來想像我妹妹去京都時一樣，盡可能多坐出租車。」可言賏她們說，要是一兩回樂意讓文先生請，這樣七八天同遊，盡心照顧，阿堵物區區，不還，可真不自在了。下一回更不敢來了。

文先生最後說——

下次去開高健紀念館吧！我爭取近期先去一次。

二〇一六年十一月十二日

二〇一七年十月廿一日改定

父親與女兒的名字

「我女兒的名字也有『芳』字，叫『芳美』。現在她的名字沒有我的姓氏了。她出嫁後，跟隨夫姓。我很喜歡何其芳散文，特意這般給女兒取名。」渡邊新一先生緩緩道來。

渡邊先生是日本中央大學退休教授，專業中國現代文學。把方方和劉慶邦等小說翻譯成日語。今年退休時，以「日本和中國：內山完造和魯迅」為題作演講。

九月十九日，在東京，一個中國家庭開的飯館午飯，渡邊先生從公事包裏掏出小紙張，讓阿霞和我寫下自己的名字。瞧見「芳」字，於是那麼説。

世間女兒的名字，不管多麼不起眼，多麼平凡，大概都傾注了父親鍾愛之情。

陳芳——這個名字，比普通還普通，同名同姓的人多不勝數。少時很生氣，父親給長女取名，不是該別出心裁嗎？

父親説，我的名字出自毛澤東詩詞——花落自有花開時，蓄芳待未來。竟然不是杜甫，不是蘇東坡，偏偏卻是「一代天驕」的詞句，豈能契合心意。

曾以「花落」等十二個字在互聯網上搜索，沒有查到是毛澤東的哪首詩或詞，也就不以為意了。

不知什麼時候，譚生說，陳芳，是一個男性的名字。男陳芳生活在一八二五至一九〇六年的時光河流中，廣東籍，是傑出的美國夏威夷檀香山華僑商人，英文拼寫作Chun Afong。中國人自古以來把「阿」字加在名字上，例如曹操小字阿瞞，三國時蜀漢後主劉禪，人稱「阿斗」，或沿此，廣東人常常在名字前加上「阿」字。可想，人們以「阿芳、阿芳」，稱呼男陳芳。男陳芳在檀香山海關報姓名時，因海關不了解華人姓在名前，寫成了Chun Afong，自此，阿芳（Afong）成了他的英文姓氏。男陳芳經商成功，出任檀香山領事館首任領事，其後積極改善華人在夏威夷的待遇。幸好男陳芳一點不壞，這一點對同名同姓的人頗重要啊。

沒有和父親說過男陳芳的故事。可惜啊。

現在來不及說了，老病的父親根本聽不懂了。

父親近兩年來住老人院，今年三月中旬、五月底送過急診，不料，八月二十三日第三回再送急診。九月十八至二十五日，我按原計劃外遊，父親仍未出院。

二十六日，去醫院看父親，用智能手機單單以「花落自有花開時」檢索——

原來，原詞句是「花落自有花開日，蓄芳待來年」！詞牌《卜算子》，題目作《悼國際共產主義戰士艾地同志》！竟然，艾地是印尼共產黨員。印尼——是關鍵詞：

> 艾地（一九二三——一九六七），曾經是印度尼西亞共產黨中央委員會主席；他所領導的印尼共產黨在當時的印尼有很大的影響力；連當時的蘇加諾總統都於一九五九年公開在全國範圍內提出過「民族主義、宗教、共產主義三大思潮合作」的主張；然而，帝國主義和印尼國內的反動勢力卻並不甘心；他們準備推翻蘇加諾政權，剿滅印尼共產黨。
>
> （略）
>
> 據印尼共產黨中央委員會一九六六年五月二十三日發表的文件披露，被殺害的印尼共產黨人和進步人士不下二十萬人，被捕者不下四十萬人——艾地同志也在這場大屠殺中犧牲了。

父親是印尼華僑，一九三九年出生，一九六一年回國，中學時代在印尼度過。共產黨的理想主義和革命情懷，可曾朗照少年純潔光明的心靈？這個艾地，可會是少年父親傾心的偶像？到後來，理想主義的徹底幻滅，又是怎樣的失落——希望和理想的失落，文化和精神價值的失落，時間、真理和生命的失落，一切使生命有價值意義的失落……這一切一切，都無法侃侃而談。

寧可相信，女兒名字與父親少年心的聯繫；寧可釋懷，哪怕是「四海翻騰」、「五洲震盪」的詩詞。

感謝父親，給女兒取名。

不經意的，腦中浮想聯翩——

有一天，少女芳美小姐認真地問父親：「為什麼給我取名芳美呢？」

渡邊先生緩緩笑說：「中國作家何其芳，寫了《畫夢錄》，書名美麗，內容更加美好……」

二〇一七年九月廿七日

記龍安寺石庭心跡

京都石庭，最教我嚮往的是大德寺。

內心總是叛逆，既莫名其妙，又無可救藥。早已聽聞，京都，如果只能觀賞一個石庭，那麼，千萬不可錯過龍安寺。職是之故，偏偏沒有計劃去。

九月十九日，東京，韓應飛、渡邊新一兩位先生領着霞和我一同遊賞，這一會從晴空萬里到夜色幽幽，才在馬路口話別。

渡邊先生說：希望下回再見。

霞真切期待說：下回你們到香港來啊。

話別前，渡邊先生領大家去吃蕎麥麵。

渡邊先生本想找回四十年前的老店，左騰右插，蹤跡杳然，他叮嚀仨人站着等，自己再去問。不久，他回來說，似乎已結業了。他揭開不知在哪裏打印的地圖，指着一個點說，打車去吧。

神田這家藪蕎麥麵店，教人深深體會，淡而永，咀嚼不盡。用了膳，渡邊先生掏出一張十六開紙張，翻到空白的一面，邊說邊寫，建議我們遊覽哪些京都寺院，排序是——龍安寺、金閣寺、銀閣寺。渡邊先生殷切希望知道，中國人對石庭有哪些感受和想法。

又是龍安寺。我仍然牴觸着。霞頗堅定說，有時候就是該去景點。真正的老友，大都在關鍵時刻勇於充當反對派。

於是，約了韓先生二十二日早直接在龍安寺石庭會合。這天，霞領着我，先從民宿附近坐巴士到京都車站，再換乘另一路巴士，順利到步。

所謂「石庭」，顧名思義，不借一樹一草，僅以白砂黑石造庭，沒有真山真水，又稱枯山水，以區別於可以置身其間玩賞流連的「迴遊庭園」。迴廊邊靜坐悟對石庭，領會侘寂之美。

龍安寺石庭建於一五〇〇年左右，時值日本室町時代末期，聽說出自特芳禪傑等僧人之手。東西長約二十五米，南北約十米，面積大概有三間中學課室大。白砂似一條又一條細細流水，流淌在長方形禪院，砂上，七顆、五顆、三顆一組，共佈置了十五顆岩石，疏淡簡勁。據說，從任何角度看，只能一眼瞧盡十三或十四顆石頭；似乎說明了，大千世界，怎麼看也看不透，每人都有局限，每人都不過「看見自己看見的風景」而已。另有一說，石頭的配置組合，源自母虎攜子渡河故事。古代記載京都庭園的《都林泉名勝圖會》，稱此庭為「虎之子渡」庭。話說母虎生下三隻小虎，有一隻是彪虎（猛虎），但母虎一次只能載一隻過河。彪虎可能會趁着母虎過河之際吃掉兄弟，母虎費煞思量。母虎先從此岸將惡虎背到彼岸，再去背另一隻小虎；等到小虎到了彼岸，又把彪虎背回對岸，再將另一隻小虎背過河；如是折騰往復，三隻小虎最後都抵達了彼岸。這麼延宕開，寓意禪修之路艱難，放下惡念，始能抵達彼岸。

悟對龍安寺石庭，不料，心潮澎湃。儼然賈寶玉來到太虛幻境，打開了金陵十二釵又副冊，以及正冊。

冷不丁的，當頭一棒，命運之冊揭開，濃濃悲涼氣息襲擊遍徹身心。

太虛幻境，寶玉嗅聞「群芳髓」之幽香，飲「千紅一窟」清香之茶，以及「萬艷同杯」香冽之酒。可寶玉初臨此境，「看了不甚明白」，「益發解說不出是何意思」，「待要問，知他（警幻仙姑）不肯泄漏天機」。

到了一百一十六回，寶玉重遊太虛境，這一下判然了解冊子上的判詞，運命的底牌一一揭開——群芳碎，千紅一哭，萬艷同悲！

「玉帶林中掛」，他心裏想道：「莫不是林妹妹罷？」「金簪雪裏埋」，他詫異道：「怎麼又像他的名字呢？」——稱林妹妹何等親近，稱寶釵為「他」，其情其感，不言而喻。

悟對石庭，有短短的片刻，怔忡，癡騃，猶墮無聲無色無嗅之境，貼近自己的運命之書，無助，卻又釋懷，寧靜，坦然。什麼都無法説清，心裏滿溢着，哽咽難語。

一生的淚和悲，隱約隱約，總是綰結着莊嚴和幸福。於是，真心感謝生活，神秘，可愛，懂得自珍自重。再怎麼一敗塗地，似乎一點都不重要了。

> 芸齋主人曰：風雨交加，坎坷滿路。余至晚年，極不願回首往事，亦不願再見悲慘、醜惡，自傷心神。然遇人間美好、善良，雖屬邂逅之情誼，無心之施與，亦追求留戀，念念不忘，以自慰藉。彩雲現於雨後，皎月露於雲端。賞心悦目，在一瞬間。於余實為難逢之境，不敢以虛幻視之。至於個人之留存，其沉埋消失，必更速於過眼煙雲矣。（孫犁《我留下了聲音》）

在石庭，也油然念起「爺爺」的一段話。菩薩垂憫世間苦難，怎不落淚心悲？然則，淚盡，繼之以溫藹之情俯視蒼生。菩薩低眉，似乎是這段話的箋注。

拜讀孫犁，是韓先生的盛情推介，還特地在一封四千多字的長信裏抄寫了上面的話。此後，每多讀一篇，越發覺得孫犁似自己的親爺爺。

《我留下了聲音》，收於薄薄小小（三十六開）的《芸齋小說》裏，共八萬二千字，一百六十四頁，有三十篇小說和代後記，人民日報出版社一九九〇年出版，定價二元零一毛錢。

中國小說取法西洋，可孫犁另闢蹊徑，暗暗沿襲《史記》列傳和「太史公曰」，以及筆記小說《世說新語》的路子。「我思古人，實獲我心」。

書是渡邊先生的，數月前，他剛剛從中央大學退休，贈給韓先生一摞書，韓先生看了，禁不住聲聲提起孫犁。終於把《芸齋小說》借回了香港。韓先生善解人意，說別忙着寄回給他，中央大學圖書館可以借到，如果他回內蒙古老家定居的話，或者直接寄到呼和浩特吧。

孫犁，輕輕綰結着東京、內蒙古和香港文友的心。

此行，也特地帶了小思老師的《一瓦之緣》給韓先生。

美好書緣，誌念於心。

當天，霞和我不到十一點已到達石庭，韓先生擔心我們臨時起意改坐地鐵卻不懂換車，枯岩般守在地鐵站空等我倆。最後，他十二點四十分才到石庭。那時，霞和我離開了石庭，繞着鏡容池走了整整兩遍。荷葉田田，霞連連驚呼「莫內庭園」什麼的，斜風細雨，我説頗有「庭院深深深幾許」之風致。別了鏡容池，倆人優哉游哉，嘗了湯豆腐。一點半出到大門，韓先生竟乾等在那裏。

手機沒連接上網路，竟然還會找着。這裏就有個真實例子。可是，瞎找人，韓先生自然沒有悟對石庭，好好想些什麼了。

出遊前，隨意翻看資料，在公共圖書館目錄檢索上輸入「唐招提寺」，如此，與東山魁夷《通往唐招提寺之路》一書邂逅。此書教人珍愛、驚歎。文中指出，唐招提寺當時在奈良，是個富有異國情趣的唐式伽藍，「日本美的特質，在於大膽引入外來的異質文化，並將之同化於傳統風俗培育出來的民族美意識之中。在這方面，時間長河也必然發揮着重要作用。」（《唐招提寺》，許金龍譯）禮失而求諸野，惟京都、奈良，保有唐宋風韻。

那天中午，在渡邊、韓先生跟前，由衷説起東山先生的書，忍不住又説：「日本人善於吸收學習，例如石庭之作深受中國古代北宗山水畫啟迪，可是，一經借鑑轉化，石庭渾然代表了大和民族的獨特風格。」

龍安寺石庭位於方丈建築前沿，進入方丈必須脱鞋，走至迴廊邊，靜觀石庭。透過襪子，雙足觸踏平滑細緻的木地板，時空交錯，恍然迴溯唐代。是的，下了決心，回去後把杜詩一首首都念全。紙上詩上，仍能殷殷招喚唐代。

別了京都，回家後翻看林文月先生的《京都庭園》，林先生描繪大德寺龍源院內庭，「數席大小的空間，中置三石，皆小巧玲瓏，佈置均衡，而中間之石，狀如指手形，若有所指示然，頗發人深省。周圍白砂，則掃出細密之平行直線條。我最愛此石庭，簡單而精緻。」

渡邊先生、韓先生和霞：我們可會有一天，同遊大德寺呢？

二〇一七年十月二至三日

九日改定

記廣州的湖北司機

光陰的故事，神秘，可愛。

和大姨、姨丈、表弟、弟婦一起聚餐，在廣州黃埔區。歷經卅二年，完好相見。應該說明，是初識弟婦。二〇〇四年他們成家，也悄無聲息，女兒長到十三歲，這才重逢並初會。表弟說：「一九九二年給你寫過信。二〇〇五年去香港，你剛好不在家。」

為什麼隔了那麼久才見面？

卅載時光，弟婦談起表弟近乎沒有缺點，正直可靠。比起當初攜手更加欣賞表弟。弟婦聲音甜潤，不禁教人遐想翩翩——湘江湘夫人山鬼的眼波柔情，以及聲息。她談起表弟深深記得他們第一個照面，她當時僅僅覺得表弟平平常常並不稀罕。蒼蒼歲月，既有老病死無法抹去的感傷，也始終有溫馨的家和親切的親人，熨帖人心。

席間弟婦用微信約計程車，我要去穗花新邨跟一位八〇後老師學古琴。

匆匆告別，表弟和弟婦送我上車。

司機一開口，口音很熟悉，明顯不是廣州本地，不禁問他：「安徽嗎？」

「湖北。」原來很接近。

「那麼，每年春節才回家一趟嗎？」

「一般是這樣子。」

「你不在廣州？」過了一會兒，司機問道。

「在香港。來和大姨、姨丈、表弟和表弟婦見面。上一回見，三十二年前了。」

「三十二年？」

「表弟也問我為什麼隔了那麼久才見？一時支支吾吾。後來想想，夠老了，自然而然想見見親人。」

「離家時間長了，更看重感情。我也這麼覺得。以前家鄉有人結婚，寄錢回去就是了。現在一有機會總回去。機會一過去就彌補不回來。生活不能沒有錢，但錢也不那麼重要。從前，打工打得六親不認。到頭來最對不起父母。」

「那麼，喜歡廣州嗎？」

「在廣州，是沒有辦法。」

「廣州發展得很好……」

「廣州錢好掙。衣食無憂的話，肯定不留在這裏。家鄉再窮，還是家鄉好。氣候啦，環境啦，生活習慣都不同。這裏的水帶濕氣，容易上火。家鄉的菜不假，是啥就是啥，這裏連雞蛋都可以做假。害人不淺。」

「有家鄉真好。」

「你怎麼沒家鄉呢？」

「等於沒有家鄉。」

「為什麼？」

「祖父祖母是印尼華僑，六十年代印尼排華，父親回國。一九七九年，祖父母從印尼回國，與父親一起回鄉，他們沒帶上我們兩姐妹。我們不認得家鄉的人，沒有情感繫連。而且兩姐妹都在福州出生，對家鄉沒有特殊情感。後來，我們一家人到了香港。」

「有首歌，有句歌詞『因為一個人，留戀一個城』。廣州規劃發展不錯，也和自身沒有干係。在老家，不管開心或難過，都有人陪伴傾聽。親人和朋友的情誼，花錢也買不來。為什麼當年你父母要申請到香港呢？」

「那當然是渴望不同的生活。就像年輕人，理想都在遠方。」

「最後還是嚮往回家。」

「林黛玉說『人是地行仙』。」

「啥意思？第一次聽說。」

「有一天，大觀園許多姐妹一道來看黛玉。說着，說着，黛玉說好像聞到木樨香。探春笑她終不脫南邊人的話，『大九月裏的，哪裏還有桂花呢？』黛玉笑道：『原是啊，不然怎麼不竟說是桂花香，只說似乎像呢。』湘雲卻道：『可記得十里荷花，三秋桂子？在南邊，正是晚桂開的時候了。你只沒有見過罷了，等你明日到南邊去的時候，你自然也就知道了。』

「如此，黛玉就說了『人是地行仙，今日在這裏，明日就不知在哪裏。譬如我，原是南邊人，怎麼到了這裏呢？』湘雲笑說，『今兒大家都湊在一處。可見人總有一個定數。大凡地和人，總是各自有緣分的。』

「說起來，喜歡林黛玉嗎？」

「喜歡啊。很可愛。弱弱的。男子漢喜歡保護她。男子漢不喜歡太強勢的女性吧。」

「強勢一點，或許懂得照顧人。」

「我寧可照顧別人。不願意別人照顧自己。寶釵比較強勢吧？」

「寶釵端莊守禮。賈寶玉出家了，寶釵哭得人事不知，最後仍恢復如婆婆所想：

『寶釵雖是痛哭，他那端莊樣兒，一點不走，卻倒來勸我，這是真真難得！』」

「她是比較理智的人。」

「理智——不必多愁善感。」

「隨性最好。愛怎麼就怎麼，當然不要妨礙別人。這道理簡單，許多人卻不按道理來做。」

車子駛到了藝術博物院，再過幾分鐘，就到達目的地。

「謝謝你喜歡林黛玉，沒怪她哭哭啼啼。我喜歡林黛玉。」

下車了，真心盼望司機先生多回家鄉團聚。

到了古琴老師的琴室。連忙問，覺得黛玉怎樣，多愁善感可好？

「視乎什麼事吧。如果因柴米油鹽多愁善感，有點可怕。」

「那薛寶釵，為什麼寶玉出家，她可以——哭，卻不走端莊樣兒。」

「那時的人，多少都認識佛教教義，所以能理解接受。」

老師彈《長門怨》，彈罷問：為什麼貴為皇后，仍然無法釋怨？

事後我想，漢武帝阿嬌青梅竹馬，曾有真情，一旦情感幻滅，內心的黑洞輕易就能撫平嗎？美好一旦幻滅，能不連連惋歎？

撫曲《長門怨》，「色即是空，空即是色」一套暫且擱下。寶釵明明「哭得人事不知」，王夫人心狠，才那麼想，那麼對付過去。

把寶釵的還諸寶釵，王夫人的還諸王夫人。

今夜，好好記下湖北司機的話——在老家，不管開心或難過，都有人陪伴傾聽。親人和朋友的情誼，花錢也買不來。

二〇一七年十二月六日

玫瑰童話與飛鳥投林

《關於女人》這一部短篇小說集，出自一名單身漢手筆，薄薄的，可說年代湮遠，《後記》所署年份為一九四三年，於四川大荒山。

作者效法曹雪芹，真心成為女性知己，並且深深欽服女性，《抄書代序》引用了《紅樓夢》開卷第一回，云「風塵碌碌，一事無成。忽念及當日所有之女子，一一細考較去，覺其行止識見，皆出我之上。我堂堂鬚眉，誠不若彼裙釵……」

十六篇小說，第一篇《我最尊敬體貼她們》，開宗明義表明：「我以為女人的問題，應該是由男人來談，因為男人在立場上，可以比較客觀，男人的態度，可以比較客氣。」第二篇《我的擇偶條件》，羅列二十多個條件後，幽默作結：「天哪，假如我真是個女人，恐怕早已結婚，而且是已有了兩三個孩子了！」

接着這兩篇，作者信筆寫母親、教師、三個弟婦（分三篇寫）、奶娘、同班、同學等八篇，其間，玫瑰馨香、蜂蜜甜潤的筆法獨擅，搖曳有致。

「因着補習算術，我和她對面坐的時候很多，我做着算題，她也低頭改卷子。

在我抬頭凝思的時候，往往注意到她的如雲的頭髮，雪白的脖子，很長的低垂的睫毛，和穿在她身上穩稱大方的灰布衫，青裙子，心裏漸漸生了說不出敬慕和愛戀。在我偷看她的時候，有時她的眼光正和我的相值，出神的露着潤白的牙齒向我一笑，我就要紅起臉，低下頭，心裏亂半天，又喜歡，又難過，自己莫名其妙。」（《我的教師》）直到「我」中學畢業，教師也離開了那所中學，偶得會面，教師總是勉勵安慰「我」，也常要「我」幫忙，如翻譯短文之類。「她做着很好的事業，很大的事業，至死未結婚。」

「我的教師」，一生純淨，如亭亭白蓮出淤泥而不染。

「我」一篇篇寫着，「我」也從初中生長大成人，大學畢業後，在學院裏當教授。「我」筆下女性的美好，始終和純潔的人格，體貼、溫柔的性情，為家人以至社會犧牲小我結合一起。這些女性的品貌，繁花如錦，永不凋零。

「我」靜靜定定的着墨，悄然毅然步出春光春園。這，自然也是曹公心眼。《紅樓夢曲．飛鳥各投林》「好一似食盡鳥投林，落了片白茫茫大地真乾淨」，人世的殘酷無奈，作者不加逃避，予以正視。

朋友的太太、學生、房東、鄰居、張嫂，以及朋友的母親等六篇，一一登場。

「朋友的太太」，對於配偶死別，未亡人的再娶，從起初堅決不認同，到最後坦然理解並接納。可見，幸福不是必然的，並非人們主觀意願可以掌握。「我的學生」，出身嬌貴，能吃苦耐勞，一手締造美麗整潔的家，丈夫安詳靜默，孩子活潑聰明，可她最後輸血給一位太太，才發現自己失血太多，操勞過度，患了肺結核，終致三十二歲病歿。失卻母親的家，永遠崩了一角。

人世最大的痛苦，死別以外，似是生離。「朋友的母親」對「我」道出長篇體己話。老婦的兒子，是「我」的好友，抗戰時期，母親和妻兒留在北平，自己逃到抗日區教書討生活，和身旁的F小姐日久生情，打算和妻子離婚另娶。老母冷靜判斷，活生生拆開他們這一對，她了解兒子、媳婦，以及F小姐。老母對F小姐說：

> 你看見過坐長途火車的沒有？世界小，旅途長，素不相識的人也般勤的互相自己介紹，親熱的敍談，一同唱歌，一同玩牌，一同吃喝，似乎他們已經有過終身的友誼。等到目地將到……。戰事雖長，也終有和平的一天，有一天，勝利來到，驚喜襲擊了各個人的心，那時真是「飛鳥各投林」，所剩下的只是一片白茫茫的大地——

老母提醒F，勝利以後，他們真一起的話，兒子不能不顧念妻兒，他們即使在一起，如何心安理得，遑論快樂和自在。

經老母的點撥，F以理智戰勝了感情。

「我」「反覆咀嚼着『飛鳥各投林』這一句話」作為全書壓卷語。

「飛鳥各投林」，似無情，反為最深情熨帖的話語。大道多歧，人心一輕忽，就陷入癡心妄想。慧劍一揮，保護自己，也捍衛了他人的幸福。

「我」之刻畫女性，細細觀察，感同身受，筆下人物，眉尖一蹙，心裏一緊，嘴角一笑，凝神一盼，如在眼前。

「張嫂」，最是樸實無華、刻苦耐勞。張嫂和「我」，從百分百的陌生人，到替「我」洗衣、做家務，以至「我」察覺張嫂懷孕，才知道張嫂是童養媳，日常粗重的勞作催迫她老態龍鍾……。張嫂生產時僅僅休息一天，馬上又回復「日出而作，日入而息」的生活。比照張嫂，「我」反省自己彷彿「零餘人」似的，不事生產，無端卻愛哀聲歎氣。

「我」筆下女性美好的品貌，決非脱離生活塵土，不沾人世愁煩，而是，作者別有一副心腸，以及澄明的眼睛。就像在靜靜專致的呼吸吐納中，把精神貫注在身體某個部位，把感受一一帶到這些部位，不評斷，不是是非非，於是乎，平常習焉不察、總是緊繃繃的關節，自然而然舒張，每根精神的觸鬚，無不靜定，自適，靈敏，臻至最微妙的領會。

走筆至此，應該揭開謎底了。

「我」，並非什麼單身漢——「我」就是冰心，而不可能是任何其他作者！在一九八〇年三版自序中，作者說明「《關於女人》的初版後記和再版自序，說的都是實話，不過那都是用『男士』的口吻和身份寫的，如今這『三版自序』，我就只好『打開天窗說亮話』了！」（寧夏人民出版社，一九八〇）

或許，冰心淘氣，也好勝。寫女性，不讓曹公「假語村言」專擅，這十六篇作品不署「冰心」筆名，得以自由抒寫。女人寫女人，不是更勝於男人寫女人麼？

自由抒寫，多麼教人珍惜。

二〇一八年一月廿七日

北角

起初，我是這麼認識北角的。

英皇道上的新光戲院，是北角的標誌。戲院一九七二年開張，專門表演粵劇，二〇一四年改名為新光戲院大劇場。英皇道後面，躲着七姊妹道，七姊妹道上，劃一道橫槓，就是書局街，再劃下一道橫槓，就是琴行街。沿着七姊妹道走，從書局街一頭走到琴行街的那一頭只消三分鐘。幾乎單單因為這些可愛的街名，就引出一份親近之情，那實在不是英皇道、佐敦道可以比擬的。七姊妹道不是在鰂魚涌嗎？從鰂魚涌地鐵站模範邨的出口出來，明明是七姊妹道。沒錯，沒錯，可那或許是三妹，愛看書，愛彈琴的姊妹，大概駐足北角。

看看互聯網上維基百科，進一步了解，七姊妹道七百八十米長，由西至東貫通北角南部，竟然截為三段，西以書局街為起點，到了中間一段被港運城私人屋苑佔有，東段則為模範公共屋邨，這裏還不是終點，向東走下去，到了民新街，還有最後一小段七姊妹道。開闢道路的伊始為一九三四年。一九三九年十二月十五日，七姊妹道正式通車，當時只是連接琴行街和書局街的一小截道路，其後才加以延伸。

每一條道路，無不在時間裏生長變化，在空間裏收縮或拓展。時空幻變，始終叫同一個名字，向前追溯下去，有一個古老村落，定名為——七姊妹。如今，七姊妹村落自然無跡可尋，而七姊妹道，獨獨附着北角一個指定的空間，單憑名字，就使得尋常街道，引人遐想。

時光不緊也不慢、一絲不苟地向前推移，七姊妹道於是呈現現代都市空間的面貌，而記憶溯源而上，肆意追想——迢迢牽牛星，皎皎河漢女。天階夜色涼如水，臥看牽牛織女星……

時空的軸心，大概是記憶，廣而言之，神話、傳說、故事的流傳，是一層又一層的記憶。記憶莫失莫忘，在時空裏流轉不息。

七姊妹道上，時光魔術師往復晃蕩，疊合往昔和現在。

後來，我如此這般認識北角。

每星期一回，從北角地鐵站浮上英皇道出口，沿着窄窄的英皇道行人路直走，不消幾分鐘，到了橫向路口錦屏街，再向前走一會兒，是另一個橫街口明園西街。拐進明園西街，正摸不着頭腦怎麼往下走，一個穿着條紋睡褲的老人剛巧從上海理髮店旁的唐樓樓梯走下來，指引我說，過對面去，穿過小巷，看見樓梯，沿着走上去，直到右邊有一條橫街，就是堡壘街了。

在繁忙的街道上走着走着，忽然轉進隔音室似的，市廛塵囂都過濾了，在樓宇之間隱秘的縫隙中拾級而上，頓時，眼眸裏投映着家家戶戶隱隱綽綽的人影，不同顏色不同紋樣的窗簾或靜止或偶爾隨風揚起一角，那些晾曬的衣物，坦蕩而沉靜，與每雙眼眸默默對望。這麼尋常的景致卻異常生動，教人直想流連徘徊，無止境地走下去，可是，堡壘街轉眼就到達了。

按照門牌號，找到了要上去的一棟樓房，來這裏，專程跟老先生學書法。

八十歲的老先生和七十多歲的老妻，以及堡壘街上的這個公寓，都顯得格外氣定神閒。不經意的，教人惦念起台北四姨和四姨丈的老境，相濡以沫，又從容大度。

每天早上五點鐘，四姨就醒來了，她並不馬上起身，而是躺着在牀以雙手拍打膝蓋和大腿，這響聲是屋裏的啼鳴。四姨膝蓋動過手術，睡醒要活動前，得先暖和暖和膝蓋，使之血液循環。五點半左右，四姨向神明和祖先敬奉了清茶，接着，就下樓運動。雨天，則轉到地下停車場來來回回走路鍛煉，堅持不懈。運動完畢，買《中國時報》和一份早點，報紙是給姨丈看的，早點四姨自用。六點鐘回到屋裏，準時給使用胃管的姨丈注入牛奶和藥液，這是一天的第一回。一條矽膠管從鼻孔穿入，經過咽部通往胃部，輸送流質食物，維持生命。姨丈行動的能力，僅限於屋裏走動，他堅持極緩慢、極悠長地一呼一吸，一呼一吸，鍛煉肺部。每天晚上九點，四姨最後一次給姨丈灌注牛奶，坐上半小時，姨丈才回屋裏躺下睡覺。

每天每天，老夫婦攜手相伴，不離不棄，最是平淡無奇，又最是觸動人心，他們彷彿在一起修築堅固的堡壘。

告別了堡壘街，忍不住沿着斜斜瘦瘦的樓梯繼續往上走。走着走着，左右相夾的住宅人家換成了樹木枝椏，周遭環境越加靜謐。不見半個人影，還繼續往前走嗎？猜謎一樣一直走到樓梯盡頭，抵達北角海水配水庫，大麻石上還署了年份二〇〇七。無意闖進這裏，只有悄寂，悄寂裏，似有一頭善良智慧的獸，屏氣凝神，等着人傾訴滿腹心事。

在配水庫周圍走走看看，拾級而下，往回走，一會兒經過一所小學，窗戶內小學生上課情形一目瞭然，隔絕了音聲，一大堆動作表情，煞是有趣。小學裏兼有幼兒園，門口在樓梯側，接送孩子的外傭，零零散散，坐着劃手機，也偶爾聊些什麼，等着小主人放學。樓梯側的平地上，設有長木椅，椅背上豎起枝條，上面頂着遮陽擋雨的弧形棚蓋。

英皇道上的車輛川流不息，行人肩摩踵接，商店鱗次櫛比，翻來覆去，走過了，往往覺得空空洞洞的，留不住什麼印象，也說不出英皇道和佐敦道、觀塘道、太子道或什麼什麼街道有哪些區別，而這一道瘦瘦斜斜的樓梯街，不動聲色，讓人沉浸在閒靜、隱秘裏，印象莫名的深刻。

最後，得坦白說，我是按照香港旅遊發展局的介紹，認識了最具特色的北角春秧街露天市場——逛春秧街最過癮的方法：不用走，坐電車去！

在銅鑼灣上了往北角的電車，爬上第二層坐下，一路前進，數不清穿過了多少座天橋底。地面走着行人和車輛，半空也走着行人和車輛，都市佔有的居住和流動空間，不管地面和半空，一概充塞填滿。

軒尼詩道直直向前駛進英皇道，一個左轉，就揭開了春秧街的帷幔。從電車樓上俯瞰，映入眼簾的是路軌兩側一把把打開的大太陽傘，紫色、藍色、紅色或紅黃綠三色，鬥彩潑墨似的列陣，每把傘下都堆滿了發泡膠箱或紙箱，乍看，似乎是最裏邊一溜的菜店、肉店、魚店以至各色店鋪，把貨物隨意傾倒路邊似的。沒有電車經過時，行人穿越車軌，電車駛過時，行人仍舊穿越車軌，車與人，其間的默契，似乎讓人琢磨不透；其實，不過是緩緩的步履與緩緩的車速「聲聲慢」相配合。春秧街的店鋪，一概着上舊時光的顏色氣味，沒有刻意裝潢，算不得整齊清潔。豬肉攤，地上丟棄着骨頭、肥肉，血跡斑斑，熟悉的肉腥味和魚腥味飄溢蕩漾，剁肉聲、叫賣聲混合成一片起伏的波浪。走進福建小吃店坐下，有三張可坐六七人的可摺疊圓木桌子，桌面一條條黑紋劃在棕色底上，那是舊年代舊事物，想來許多家庭都還有這樣的桌子。坐下，要一碗地瓜粥和牛肉羹，說不上好滋味，可非常實惠。顧客和伙計的熟落也自成一格。一個三番四次急着來收拾碗筷，一個搶着說「還沒吃完」。二人這麼你來我往，饒有興味似的，足以相信，這是他們最愛做的遊戲。

在春秧街，聞得到看得見樸素閒適的生活原味原樣，沒有各種各樣多餘的包裝，合理的物價也不致給民生添加壓力。這裏確實稍稍有點兒雜亂，可獨一無二的節奏和秩序，讓人玩味不已，吸引着人慢慢走慢慢看。

在處處聳立了清潔整齊單調冰冷的大商場以外，春秧街，讓人感到親切溫暖，這個淘氣的小孫子，最得慈藹時光老祖母的寵愛，任性而為。

二〇一八年六月十二日至十八日

不得不講的沙丘故事
——讀安徒生

據安徒生的知音兼中譯者葉君健先生介紹，安徒生以童話寫詩。安徒生首先以詩歌、小說、劇本開拓創作之路，並且在文壇上嶄露頭角。一八三五年，安徒生三十而立，展開全新的童話創作，直到逝世前兩年的一八七三年止，幾乎沒有中斷，寫成了一百六十四篇童話作品。

在一百六十餘篇童話中，有一個永遠不老的故事，寫於一八六〇年，反反覆覆讀了一遍又一遍，仍然還想反反覆覆靜心細讀。如果只許講一個安徒生的故事，我以為，不得不講《沙丘的故事》。為什麼？請先聽聽這個沙丘風暴唱出來的故事——

故事主人公雨爾根，像一朵西班牙貴族的花根，被不可解的命運拋擲到荒遠的丹麥尤蘭島。一場海難，旦夕之間奪走了雨爾根父母的生命。母親臨死前，生下了雨爾根，尤蘭海邊的一對夫婦收養了孩子。雨爾根從此在胡斯埠沙丘間漁夫的茅屋裏生活成長，體驗到飢寒，卑微人的不幸和痛苦，也嘗到窮人的快樂。雨爾根長大成人，成為身手敏捷的漁夫，愛上了黛綠年華的愛爾茜。愛爾茜卻心屬雨爾根的好友莫爾登，傷心欲絕的雨爾根決意離開家鄉。途中，莫爾登被殺，雨爾根被錯判為兇手，下獄治罪。最後事實證明了他的無辜。恢復自由的雨爾根來到斯卡根生活，愛上了美麗善良的克拉娜。甜美的愛情即將結出果實，命運卻又肆意冷笑，狂濤惡浪吹倒了載着克拉娜和雨爾根的船，雨爾根死死抱着克拉娜，她最終死在他懷中。失去克拉娜的雨爾根像鬆了弦的琴，癡了。一夜，風沙大作，他忍不住走進教堂，野外一片狼號鬼哭，雨爾根卻滿心瑰麗圓滿的幻想，在親生父母、養父母，以及克拉娜父母的祝福下，神父祝福雨爾根和克拉娜結為愛情的伴侶。風沙埋沒了整座教堂，教堂埋着雨爾根，若干年後，沙地上長出山楂和玫瑰，只有教堂的塔樓露出來，像墓碑似的，遠近的人都可以瞧見。

這就是《沙丘的故事》，故事中交織着流傳在丹麥海邊荒地的鱔魚故事、海人故事，並且不知不覺長出筋骨血肉，教人流淚，教人惋傷，教人思索不已。安徒生表明，斯卡根和尤蘭西海岸的大自然和生活習俗很美，成為了創作中的思想基礎。

雨爾根童年時，聽舅舅講鱔魚的故事，留下深刻印象。

鱔魚八姐妹游到老遠的地方，被叉鱔魚的人一口氣捉走五個，三個女兒回去告訴母親，母親說她們還會回來。三個女兒說，姐妹不會回來了，漁夫剝了她們的皮，把她們切成兩半，烤熟了。母親仍說，她們會回來的。三個姐妹又說，她們被吃掉了。母親仍說，她們會回來。最後，三個姐妹說，吃魚的人還喝了燒酒。母親只好說，哦！燒酒把她們的靈魂埋葬了。

鱔魚故事講述的是不可抵抗、任人宰割的命運。雨爾根的命運一如鱔魚，可是他從沒有失去開創幸福生活的非凡勇氣。遭受了莫白之冤，清白的良心予以自我安慰，童年美好的回憶，接骨木樹和菩提樹的美和香，招喚着活下去的信念。鱔魚的靈魂被埋葬了，是真正的「死亡」，而雨爾根的靈魂，在此生的痛苦結束後，似應得到上帝應允的永久幸福。雨爾根的生父生前以為，今世已經享有最圓滿的幸福，如此，還期求死後永恆的生命，實在是太過貪心了。而雨爾根生母則認為，假如人的一生僅僅只有苦難、屈辱、疾病、窮困，卻沒有死後永恆幸福的生活，那世界上的一切分配豈不是太不平均，上天也太不公平了？鱔魚故事本身單純、殘忍、悲涼，在沙丘故事中，它進一步引向生命苦難的意義，以及死後生命的叩問。

海人的故事，是養父說給雨爾根聽的。

養父說：「我們的地方最好，這些土丘沒氣魄。」於是，養父和雨爾根談起沙丘的形成。海岸上飄來一具屍體，人們把他埋在教堂墓地裏。這時候，沙子漫天飛舞，海浪瘋狂地打進內地。飛沙海浪不止不息，人們只好把墳挖開，如果墳裏死者躺着舔自己拇指的話，那一定是「海人」，海沒有收回他以前，決不會安靜下來。人們只得馬上把海人放到牛車上，拖車的牛，像給虻刺着奔跑般，越過荒地和沼澤，一直向大海奔。如此，沙子就停止飛舞，從此留在沙丘上。

海，直到收回了海人，才平靜下來，留下沙丘。雨爾根信仰上帝，生在沙丘死在沙丘，最後以禮拜上帝的房間做棺槨，幸福和愛情緣慳一面，雨爾根嘔心瀝血，從生到死，真摯的情感猶不滅的火種。海人的故事充滿原始磅礴的力量，結合在雨爾根身上，「氣魄」十足以外，還編織着瑰麗淒美的想像。在來自四面八方的風沙吹打掩埋教堂之際，雨爾根歷歷幻想着，一艘精美的船載了克拉娜和自己，教堂的牆壁和拱門長出菩提樹和接骨木，樹木枝葉分立兩旁，船從中間啟航，開向大海和天空。風中樂調奏響，人們隨之唱出：在愛情中走向快樂！——任何生命都不會滅亡！永遠的幸福！哈利路亞！

《沙丘的故事》，痛苦、絕望、淒楚，糅合着奇特綺麗、跌宕壯美。

安徒生童話創作的初期，遭受批評——沒有童話寫作天賦，所寫童話與時代格格不入。批評家也痛惜，他的詩集《即興詩人》成績可觀，卻倒退回頭寫幼稚的童話。安徒生卻表明，童話的影像在腦中活靈活現，無法停止寫童話的思緒。「回蕩在我耳邊的語言應該是最自然的表述方式，然而學識淵博的批評家肯定會批判這種語言，我有心理準備，於是把集子取名《講給孩子們聽的故事》。其實，成人和孩子，都是我講故事的對象。」這就是為什麼到了後來，安徒生經慎重考慮，把自己的童話稱為故事。

鱔魚故事、海人故事，民間口口相傳，原始質樸，甚至沾着野蠻血腥，如果沒有《沙丘的故事》，恐怕早已為人所遺忘。一八四〇年代，英國文學評論刊物《雅典娜》評價英譯本安徒生童話，指出：「有些人抱怨，詩人這個人群會退化得精神失常，把生命都浪費在先人墳墓中那些保存得完好精美的寶物，殊不知那些寶物遲早有一天會重見天日的。」這道出了童話詩人安徒生，別具隻眼，汲取民間童話，並且點鐵成金。

雨爾根「幸福」的片刻，思索叩問：生命的酒並不完全是苦的，沒有一個好人會對同類倒出那麼多苦酒，代表「愛」的上帝又怎麼會呢？而在哥本哈根安徒生的墓碑上，刻着他的生卒年以及一八七四年所寫《老人》最後四句詩：

那在上帝想像中創造的靈魂，
是不朽、不會失去的。
我們在塵世的生活，是永恆的種子，

我們的身體死去，但靈魂永遠不死。

如果，來到墓前參拜，一定會這麼輕輕訴説：雨爾根這一問，恐怕只能這麼回答——未知生，焉知死。遭逢百劫千災，而沒有失去真摯的心，雨爾根的誕生和滅亡，都具有重大的意義。這就是《沙丘的故事》的美，歷久常新。

一如安徒生所言，人們愛讀童話，能在童話裏找到坦率和真誠。

二〇一八年六月卅日動筆，
七月八日寫成

風後

樹倒地撼。九月十七日清晨，人們經過這棵老樟樹，無不屏息凝看，回想着老樹安詳優美，綠蔭滿地的姿態。就這般，消逝了，從此不再。

一路上，已瞧見不少不支倒下的樹，樹根朝天撅起，有些連着水泥地，有些連着圍繞樹木的鐵柵欄，沒想到，老樟樹竟不辭而別了。

昨日，暴風山竹橫過，書桌前的寧靜像玻璃碎裂一地，窗外千軍萬馬似的，雨駕着風，翻濤捲浪，風吼雨嘯，猛猛沖擊着玻璃，刮——刮——刮，真讓人擔心，可經得起風雨？

母親住在馬鞍山，三十多層高的樓搖搖晃晃，她輕輕説着，實在有點可怕，坐在沙發上，感覺搖晃不安，入睡房躺着，房間門咯吱咯吱響，幸好沒漏水，一切都好。

手機群組傳來短片，紅磡海濱廣場玻璃幕牆破裂，辦公室內的文件和雜物隨風飄蕩，直如高空擲物。睜眼所見，事實儼然荒誕。

手機群組，最最牽掛的，無非是大家平安。搖搖欲墜的冷氣機鐵架子，裂紋橫劃的玻璃窗，漏水的房子，風雨過後，一一重新收拾。

風後，從家裏走去觀塘海濱探看。連接德福大廈的有蓋天橋，好幾處天花洞穿，透明硬塑料板已被強風席捲而走。轉眼，瞧見建築物外牆的棚架傾倒歪斜，刺穿了塑料布，建築物就像綁着繃帶的重傷士兵。超過兩米長的藍底白字大塊路牌，被風狠狠摜倒地上。還有一地晶晶閃亮，果然是從高空摔下的玻璃窗……

竹久夢二畫了那麼一幅畫，高中男生桌案上看書，一隻昆蟲桌上爬着，畫上寫着漢字「蟻」，為了學日語蟻字，從日漢辭典上學到了一句：ありの穴から堤も崩れる（千里之堤毀於蟻穴）。風後，滿目瘡痍，更加念念叨叨這個句子。

二〇一八年九月十七日

時光

尖沙咀商場，人聲雜沓，一家餐廳竟然安安靜靜讓仨人款款敍談。時間河流輕輕流淌，向前划撥的槳，搖曳水聲汩汩……

從二〇一八年歲杪回溯，一九九四年似乎是，天涯海角怎得相逢。那一年，華大學碩士畢業，霞和我大學本科畢業，停船暫借問，湊泊於一家教科書出版社。接着，仨人都先後離開。多少多少年後，霞重回故地，負起重要職責；不意，華最近也重返舊基地，重新出發。

悲歡離合總無情，一任階前點滴到天明。

我的父親、華的丈夫，同一年間，相隔數月，永辭了人世。

離開餐廳，我們一起泅進時光河流的深處，特意去看看訊號塔。

遠望，訊號塔綠頂紅磚，四面窗戶敞開迎風。霞和我沿着螺旋形鐵梯子拾級而上，站在欄杆前視野豁然洞開，我們俯視，與華互相遙望招手，彷彿不知愁的少年。似騰越半空，近處，樹和鳥撲面而來，遠處，密集的樓房掩映中，露出了維多

移走了報時球的
報時塔外觀以及
裏面的螺旋梯。

利亞港水面。

從前從前，尖沙咀灣岸邊，有一座隆起的山丘，人們就隨口叫它做「大包米」，一九〇七年，這裏起了訊號塔，此後，改稱做訊號山。訊號塔負起的任務是給維多利亞港上的船隻報時。塔頂的鐵杆懸掛起報時球，每到一點正，空心的銅球從杆頂滑到杆底，方圓四周的船隻，馬上瞧着報時球，校正計時器。那多麼像童話故事的畫面。高高的塔頂，大圓球順着時間的杆子滑下來，海面上似乎「撲通」一聲響，四方海員同時說着「哦，一點正了」。一點正，多麼了不起，比起其他二十三個小時，只有它撲通一響一墜落。

霞和我從塔上下來，與華一起追溯着報時塔的故事。

「塔本來高兩層，平頂，一九二七年，加建第三層，頂上戴起了帽子。」

「這樣，海上的船隻能更加清楚看見報時球。」

「到了一九三三年，電台廣播報時日趨普遍，報時塔失去了用武之地。終不敵科技的發展改變。」

「一九八〇年，市政局重修訊號塔，開闢訊號山花園……。啊！那個角落劃為吸煙區，其他地方都沒見過。」

「現在，即使坐船經過維多利亞港，也瞧不見訊號塔，到處都是建築物遮擋。滄海桑田——」我們瞧着狹狹的海面，不約而同說道。

「一八八一商場就在不遠處，訊號塔的報時球已搬遷置放於那裏的報時塔頂。話說回頭，一九〇七年以前，報時球設在水警總部的報時塔內。水警總部一九九六年遷至西灣河，原地的數座建築重修翻新，分別改做酒店和一八八一文化遺產商場，名牌店舖和高級餐館林立。一八八一和訊號塔一對照，繁華與冷落……。」

「一八八一，報大了年齡，水警總部是一八八四年開始動土的——」

時間的河，汩汩——汩汩——。

喁喁噥噥，語聲打着細細的節拍，數着時間。

離開公園時，數朵山茶花綻放飽滿光潔的笑臉給我們送行，還有這裏那裏無數的蓓蕾，殷勤約定着花好月圓。小小的水紅山茶，最惹人愛憐，一張張花瓣層層密密摺疊，花心深深處，幾乎肯定藏着一箋紙，密密麻麻寫滿了字，靜靜看，似聽見輕輕的呼吸。倏爾，聽見父親說：「我就知道，你多麼珍惜寫信朋友。」

聽着父親的話，忍不住想，華一定在心裏和鵬哥說些什麼，或正在聽鵬哥說些什麼——

這時候，霞說：「下回再這麼聚這麼談。」

時光長長的河流，泛起漣漪，風掠過，心中微波蕩漾。

二〇一八年十二月廿五日

走進東京

從一串串銀杏黃金般的笑聲中，我走進了東京深處。銀杏葉的形狀，顏色，脈痕，歷歷在目，卻美得無法相信，仰面注視着，走着，忍不住又久久注視，睃眼每一頁，又緩緩，緩緩的，從葉片上挪開，轉移到整株的姿態上。這時候，銀杏葉輕輕飄墜，拾在手心，鏗然有聲——一頁頁，款款寫着綿長的信，鏤刻着纖巧的呼吸，玲瓏剔透的思致，投遞給秋。

黃金般的林蔭路上，走着走着，莫以名之，心中眼底，滿滿是蕭紅的東京書簡——最美好的思念，最纏綿的牽掛，分不清是歡是愁，拂拭了最苦澀的淚仍然忘不了最清純的甜美……

東京書簡始於一九三六年七月二十日，迄於翌年一月四日，三十六通，不管是署名瑩、吟、榮子或小鵝，暮暮朝朝，離不開思念蕭軍。薄薄細細的字箋上，常常，直楞楞透進心底的是：「真的，我孤獨得和一張草葉似的了。」（十二月五日）那麼瑣碎那麼不起眼的一張草葉，根本不承望誰會瞧一眼問一聲，負載着草葉的運命，卻仍然摯愛生活：「我的房間收拾得非常整齊，好像等着客人的到來一樣。……雖然房間裏邊掛起一張小畫片來，不算什麼，是平常的，但，那需要多麼大的熱情來做這一點小事呢？」（十月廿日）「小沙發對於我簡直是一個客人，在我的生活上簡直是一件重大的事情，它給我減去了不少的孤獨之感。總是坐在牆角在陪着我。」（十月廿一）東京，僅僅在東京，對旅館屋裏的杯子、桌子、鏡子、枱燈，無不感到格外親切可愛，以至心裏隱隱發疼。「大概在一個地方住得久了一點，也總是開心些的」（十月廿日），幽幽寂寥啃嚙心頭，料不到，到了盡頭，一星火焰仍然熱情地點燃。

眼底心中，再怎麼淒淒楚楚，甭管思念、寂寞、病愁，仍然煥發着獨立超然的快樂：「二十多天感到困難的呼吸，只有昨夜是平靜的，所以今天大大的歡喜，打算要寫滿十頁稿紙。」（八月卅日）「我自己覺得滿足，一個半月的工夫寫了三萬字。」（九月四日）儘管在「異國」，儘管不得不終於證實魯迅先生去世的消息，仍然絲毫不爽說：「L沒完成的事業，我們是接受下來了」。（十一月二日）

一九三八年，二蕭同行，到了山窮水盡，最終勞燕分飛。邂逅端木蕻良，蕭紅漂泊無依的命運似乎沒有變改。

東京的朋友，不意帶來《端木蕻良小說選》一書。扉頁上編選者王富仁先生二〇

○五年的簽名墨痕猶新。朋友曾說，「王老師的話多麼生動啊，他說自己在中國劃了個十字。先是從山東到西安念研究所，晚年又從北師大南下汕頭大學。最後給汕頭大學中文系開疆拓土。」朋友深感，世界上沒有了王老師，等於減去了一大截魅力。這些話，用心聆聽了，依舊怕沒有好好領會。完好珍藏的書，在王先生故世一年半後，兩個深夜和清晨，在旅館裏的桌燈前，我一邊讀着導言，以及小說《初吻》和《早春》，一邊喟歎。在東京，不但與朋友相會，而且讀着朋友的舊書，時光似向前奔流又依依圜轉，似乎，這書要讓我看了，然後給朋友說道——王先生說，沒有完全的愛，也沒有完全的不愛。蕭紅在香港病逝後，端木到了桂林，冷冷清清的環境中，無盡思念，傾注於小說，惆悵惋傷，愛情，美與感傷，如幻如真與捉摸不定。

東京的夜裏，身上輕輕披着蕭紅喜歡的沉靜，不時醒來幾回，躺一會兒，再安心入睡；東京的一間間房子，都縈繞着蕭紅書簡，引人遐想。有一間，地上鋪着幾張席子，像「畫的房子」；又有一間，掛着哪些畫幅，可會是蕭紅親手掛上的一幅？有時候，聽見清細的聲音說道，許多長長的日子，沒說一句話，也沒讀什麼書，這樣一天天，不曉得怎樣過下去，好像充軍西伯利亞似的。在東京，似乎經過一間又一間心靈的房間，細細數着強弱不定一上一下的脈搏，眼前的時空似乎不相干，恍惚不定，卻明明置身此時此刻。

東京訪書，自然以御茶之水站做起點。這個站名，直以為是周作人取的名字，連手上的車票，彷彿也有周作人剪票的戳記。在御茶之水站下了車，經過大明街一家家樂器行，斜穿過短短的富士見坂，過馬路到了靖國街，就一直走進書林。每一株樹，都像久久靜候等待着朋友似的。在書架之間窄窄的通道上小心挪動身體，窸窸窣窣，窸窸窣窣，書頁翻動着無數等待的故事。許許多多，最後，落了空，可是，寧可相信，一定會不期而遇。

東京朋友勤於看報看書，卻從來沒有在這裏逛書店，「為什麼？」「沒興致。」斬釘截鐵的回答，只有三個字。他說，日本有許多長壽的作家，一直到了八九十歲仍然寫作不輟。中國有這樣的作家嗎？在書舖街，朋友反覆念念的一個個名字，來到眼前，似一聲聲親切的招呼，石牟禮道子、梅原猛、瀨戶內寂聽……

仍舊，仍舊，不得不想起蕭紅。第三封信，到東京還不到一星期，她已寫道：「昨天到神保町的書舖去了一次，但那書舖好像與我一點關係也沒有，這裏太生疏了，滿街響着木屐的聲音，我一點也聽不慣這聲音。」（七月廿六日）更無法逆料的是，不過短短數月後，她買給魯迅先生的畫冊，已無從投寄了。

從書舖裏，買了吉川幸次郎的《漱石詩注》和《阮籍的〈詠懷詩〉》。將來，大概仍然沒有能力閱讀日語，而這二書，通過漢字，多多少少能翻翻看看。就如吉川幸次郎開卷寫道，夏目氏的創作中，漢詩寫作佔了一定比重。告訴渡邊新一先生買了書，他回想起：「讀高中時，聽說過竹林七賢。」渡邊先生常常輕輕的一個轉身，與年輕的自己微笑，招手。說起，我以前不知道夏目漱石寫漢詩，渡邊先生接續說：「夏目漱石像魯迅一樣，是偉大的文學家、思想家。東西方學養深厚。」

東京，相會的美好交集點。親切溫藹的渡邊先生和朋友聯袂而來。相隔一年，話匣子再次自自然然打開。

東京朋友，老家在呼和浩特，自九十年代初離開北京，落腳東京，二十多年來過得並不順洽。年輕氣盛，理想衝勁，差不多都消磨殆盡了，可內心深處燃燒着不熄的火種，一點不難察覺。朋友樸實，誠摯，以至說話口氣硬邦邦似的，高興時長江大河般滔滔不絕，話不投機，則半句不說。習慣，理解以後，教人備加珍惜和敬重。

朋友無意說起，有一回，在有樂町站親眼見到唐納德·基恩握着養子的手一起經過。基恩是研究日本文學的知名學者、翻譯家，在美國成長，是美國哥倫比亞大學榮譽教授，晚年定居並入籍日本。「基恩認為，日本文學地位不夠崇高獨立，即使日本小說創作成績可觀，仍然被指因襲歐美。而莎氏比亞戲劇代表英國文學的高峰，幾乎不可質疑，沒有人覺得有必要指出，莎氏比亞承襲希臘文學。」

渡邊先生聽罷說，外國人要理解日本文學特質，大概不容易吧。以短歌、俳句為代表的話，一直到現在，報刊闢有俳壇，《朝日新聞》、《每日新聞》、《讀賣新聞》等每周仍然收到不少於五千份投稿。

「為什麼以短歌、俳句代表日本文學呢？」

「我認為，周作人精要概括了俳句的特質，那就是，俳句抒寫因一時一地所引起的細膩感受。俳句包含的季語，霜、月、菊花、黃葉，暗暗拴繫着特殊的情感和感慨。」

「那麼，瞧着落葉紛紛……」

「能不感傷嗎！春天，夏天才剛剛過去，那時候，多麼強盛的生命力，然後，就是凋零——」

大家一時無語。

久久，我說：「無邊落木蕭蕭下，不盡長江滾滾來——杜甫的詩句。凋零殆盡了，卻這般蒼茫大氣，不盡然是九曲迴腸，剪不斷，理還亂。梅原猛寫紅葉一片片掉落，似乎抵得上這個大氣魄。」

朋友並沒有接話茬兒，那會兒，他心裏想些什麼呢？

二〇一七年十月，第一次讀到梅原猛擲地有聲的專欄文章：「如果松本清張能對自己的憤怒情緒有所控制，並從內心認為人生雖然是一場悲劇，但卻仍然值得活下去的話，松本清張就不是現在的松本清張，而是與夏目漱石和森鷗外相提並論的大作家了。」（《對精英的憎惡》，《東京新聞》（夕刊），二〇一六年十二月十二日）精悍的文字，自然是朋友特意翻譯的。

二〇一八年九月，再讀到《我的人生——繼續追求獨自的哲學》，梅原述說，雖然年過九十，仍然繼續思考如何創造自己獨特的哲學，「我一直在思索。進入深秋，紅葉鮮艷，不過，這些紅葉不久就會一片一片掉落。我希望自己人生結尾也能如紅葉一樣。」（《東京新聞》（夕刊），二〇一七年十二月二十五日）寫了這篇文章，屬於梅原的紅葉深秋，已是最後的一回。二〇一九年一月十二日，梅原故世。

十二月初別了東京回到香港後，二〇一九年的大輪轟轟然轟轟然向前推進，一月轉眼過去，二月忽爾消逝，進入三月，雨橫風狂，一切都無可挽回似的。東京敍談，那些溫柔如水的心情，用一句話好好誌念——

紅葉，草葉，強與弱，剛與柔，多麼截然不同，而動人的生命氣息，如出一轍。

方方的小說《落日》，渡邊先生翻譯成了日語出版，攜着這書回來，記得他說：「即使現在看不懂，總有一天，你會看得懂。」這自然是學習日語的最好鼓勵。還記得渡邊先生說，挑這本書翻譯，是讀了作品，察覺到家族的故事，其間的代溝，不管中國還是日本，原來十分接近。回來不久，聽朋友說，渡邊先生翻譯的吉狄馬加詩歌，剛剛出版了。接下來，一定又有其他翻譯計劃了吧？

沒有主動向渡邊先生請教，最好讀讀哪些日本文學。倒是朋友近乎「怒其不爭」似的，替我鄭重討教。渡邊先生想了想，體貼地說：「這個，那個，可能比較困難，還是川端康成吧。」川端的神韻，大概直接聯繫着京都。二〇一七年，匆匆從東京轉去京都，那時候沒料到，一年後的自己，鍾愛東京遠勝於京都。年輕時着迷川端康成的小說，後來，有點受不了狹隘畸形的美，再後來，想到的是，那是逼真的人心刻畫。直接閱讀日語，自己做得到嗎？

日子奔流不息，讀寫，以及和朋友通信，儼然是生活一個個重要的注腳，讀讀寫寫的片刻，孤獨，無助，又似乎一無所求，自在滿足。就這麼，翻閱到端木一個文字片斷，反反覆覆讀，然後迫不及待告訴朋友——

> 我喜歡文字犀利，我自恨自己做不到。高爾基就不能一針見血的說出一件事。果戈理能夠，勖且特林能夠，魯迅能夠。我喜歡文字透明，文字裏閃出一種智慧的光輝來，屠格涅夫能夠，喬治桑能夠，蕭紅能夠。（《我的創作經驗》）

沒有忘了說，文章一九四二年六月發表，那時候，蕭紅在香港去世不到半年，或許，端木最早把握到了蕭紅的文學特質，沉浸其中，以最美的淚珠串成——《初吻》和《早春》——似純淨無垢的童話。

無法不渴求美。無法不……

東京，這一篇長長隱秘的閱讀筆記，以後，還會寫下哪些內容呢？心裏這麼琢磨時，油然想起秋日晴空下，親切美好的讀書聲，那會兒，朋友領着我一句句念基恩的短文《雨》。

二〇一九年三月九日動筆，十四日寫成

附記：三月十五日，與朋友在香港匆匆晤面，他帶來剪報，報導的消息是，唐納德．基恩（Donald Keene）二月二十四日病逝，享年九十六歲。日本稱許基恩為「日本文化和文學研究第一人」，其研究日本文學涵括古典以至現代，與川端康成、谷崎潤一郎、三島由紀夫等有交流，英譯三島由紀夫、安部公房、川端康成等作品。基恩二〇一二年入日本戶籍名為キーン　ドナルド（即「基恩　唐納德」），其時，他還自取諧音雅號「鬼怒鳴門」。

一葉

在東京，這裏那裏走走看看的日子，多麼寫意輕快。走出飯店，準備到淺草大街上的巴士站等車，瞧着巴士遠遠駛來，馬上回頭叫友人快跑，快跑。連趕車的一幕，也顯得鮮活奔放。自由而且放心地前往心中嚮往的所在，當時怎會察覺，那是十足的「無憂無煩」。

跟着谷歌地圖指南，在淺草五丁目站下車。接着朋友四望，物色適合的當地人問路。再接着，說：走吧。

一條條街道，兩旁建築都不高，大都是民居，五分鐘以內，一定會有個寺廟或鳥居，路上人總不多，步態從容閒適。東京散步，經常覺得，是哪裏打開了一個容器，緩緩，緩緩的，倒出來的都是安靜，細水長流。

走到路盡頭，眼前是一棟建築物的側面，外形和周遭所見的截然不同，拐到正面看，外牆分成兩截，一條條豎槓子嵌滿整個牆身。上面的一截似金屬，下面的細看像一扇扇木格子門連綴，上截三分之二高，光澤閃亮，退後一點看，隱隱一頁頁書頁翻動；下截雅致樸實，正中央是自動開關的大門。

這裏就是了——一葉紀念館。這裏的安靜似乎略有不同。

樋口一葉（一八七二—一八九六），日本明治時期的小説家，在人世間僅僅享有短促的廿四載年華，就被肺結核奪走了生命，然而，她在矮几和稿紙上一字一字編織出「奇跡的十四個月」，從一八九四年十二月發表《大年夜》起，至一八九六年一月《比肩》連載完畢，每篇均為佳構。叩門而入之前，雖有這些簡單的認識，卻沒想到足踏這一方奇跡基地。一八九三年七月，一葉同母親以及妹妹邦子遷居下谷龍泉寺町，即紀念館現址所在一帶。為了維持生計，八月，開了雜貨店。翌年，小店就經營不下了，於是關門大吉。五月，她們遷居至本鄉。噴湧似的寫作雖在本鄉展開，而開啟文學契機之地，實為下谷龍泉寺町。在這裏，一葉綿密觀察庶民生活和心態，使得古典文風，幡然轉向。

是的，在一片安靜氣息裏，似乎有沙沙紙聲。美登利花枝招展的身影閃過，她自覺貌美，對於數年後自己也得出賣色相，只是模模糊糊的了解，同校的信如小和尚遠遠躲着她，如此這般，她感到莫名刺痛……那是《比肩》小小主人公的聲音，背後似乎又有一葉為文魔所驅，刷刷揮寫的聲音。

一葉小學畢業後，母親不贊成她繼續學業，善解人意的父親讓她入萩舍。這所書塾教授平安朝古典文學，如《源氏物語》、《枕草子》，以及書道與和歌。有一張照片，是一八八七年二月萩舍學員歌會的合照。朋友細細解説內容：歌會規定着盛服出席，一葉硬着頭皮，穿着窄小舊衣前來，拍照時，手露了出來，心裏很不自在。後來，沒想到所作和歌《月前柳》得了最高分數——十分，才讓她忘了身上衣服的招人側目，油然感到高興起來。

經你這麼一說，不由得再瞧着一葉露出袖口的手細看，然後挪步站在一葉草書《月前柳》前，雖然是複製品，想像一葉釋懷的豪邁神情，也就不以為意了。

展室裏，少不得有一葉的伯樂半井桃水的介紹。半井青眼相加，十九歲的一葉發表少作，一往無前走上寫作道路。因為戒懼閒言閒語，一葉果決終斷了請益交往，卻始終對半井懷着如師如兄的仰慕之情。齋藤綠雨，也是不可多得的文章知己。這名作家、評論家以「毒舌」聞名，在一葉聲名鵲起時主動來訪，一葉日記裏寫到對之感到害怕、困惑。一葉過世後，齋藤不但幫助一葉妹妹邦子，一葉母親的身後事，齋藤也出力不少。一葉一八九六年十一月廿三日去世，翌年一月，《一葉全集》出版，六月，又出版了齋藤的校訂本全集。不着一字，盡顯情義。樋口邦子，比一葉小兩歲。同姐姐一樣，小學畢業成績也考了第一名。一葉病中，把自己的日記和廢稿交給邦子，叮囑她全部燒掉，邦子沒有依言，反而仔細保存這批文字，甚至片紙半言也不毀棄。

在展室裏徘徊流連，不禁恍然笑說：半井桃水和水曜日（星期三），水的讀音相同哪。又問起「反故」的意思，你說，大概是廢紙、廢稿。而在內心深處，反覆念着半井桃水、齋藤綠雨和樋口邦子的名字，文心相惜相通，教人傾心嚮往。

不意，一個小小可愛的圓形胭脂盒映入眼簾，陶器圖案繁複着色瑰麗，寫着為一葉愛用，比起瞧見几案，更覺驚喜。你提醒說：「這出自一葉二兄之手。傑出工藝家虎之助。」驚喜益深。胭脂盒旁，是一對藍紫鮮艷色調的小小花瓶，自然也為一葉愛用。這二件是薩摩七寶燒。七寶燒即景泰藍，則是後來才得知。

讀一葉的文字，始於林文月先生的翻譯。在各種翻譯文字中，深以為，一葉一定會這麼說，深得我心者，文月女史也。林先生的翻譯，彷彿原著似的。女作家的溫柔與俠氣，恰恰把握在筆中。一葉的纖柔，明顯不過，時而俠氣滿紙，那或許符合齋藤綠雨別有會心的「冷筆」之說。生活貧苦，一葉曾擬想開設書塾，為此，向久佐賀義孝求助。義孝竟開出納妾的條件，「一葉憤而拒絕之」。林先生的這一筆鏗鏘有力。

一葉的生命跨越了一八九六年十一月廿三日這個句點。佐藤紅綠《一葉女史的作品》，一九〇七年發表在《中央公論》上，內容很有意思。你細細道來：「紅綠的文章寫道，一葉死去的翌年，正岡子規問她看過《比肩》沒有。紅綠答說看過了，可是不大理解。子規說那可是天下名文哪。子規的話雖讓紅綠吃一驚，可經這麼一說，彷彿給她開啟了全新的眼光，再讀，方讀出文章的好處。」這番坦誠的文字，一葉有知，爽然一笑乎？

　　同行友人，參觀時，熱心解說，就在平時，興之所至，曾漫談正岡子規、池波正太郎、田村隆一，等等，等等。訪東京訪友，總是合而為一。想起來，那天是二

紀念館門票。

一葉愛用的胭脂盒。

○一九年十一月十二日，蓋在小紙箋上的參觀留念戳印，是一葉頭像，再以鋼筆記下參觀日期。

今年二月初，友人在三亞市，料想不到，所在小區採取措施封閉十四天，解封後，友人回到老家呼和浩特，再遭「封閉」。回東京的日期，似乎充滿不定之數。也就在這段日子，我看到有關一葉筆名的介紹，猜想着大意，還是問你，你說——有個故事說，從前從前，達摩坐在一張蘆葦葉上順長江而下，一葉說：「達摩和我都沒有錢。」（達磨さんも私も、おあし（銭）がない！）あし這個發音，可以是蘆葦，也可以是錢。

一葉，本名夏子，一八九二年在半井主持的《武藏野》雜誌上發表處女作《闇櫻》時，取筆名「一葉」。浮世一葉，在人間留下二十二個中短篇小說、七十餘冊日記、四千首以上和歌。悲愁歎窮以外，能幽默自嘲，大度瀟灑。

心中細細珍藏這一葉。也但願，早點兒和友人聯袂重訪故地。

二〇二〇年二月廿四日動筆，廿七日寫成

飯田橋記

給布袋戲注入生命

不意，在東京飯田橋留下足跡。

《台灣街角的木偶戲》，二〇一九年十一月八日，東京新聞社在東京千代田區富士見神樂劇院舉行特別試映會。早前，韓應飛寄出明信片，得到贈票，就等着我從香港來，一起看電影去。台灣導演楊力州的這部紀錄片，原名《紅盒子》。六點十五分的電影，二十分鐘前，觀眾已結伴而來，魚貫而入。多半是上了年紀的觀眾，衣着大方整潔，臉上寫着期待的心情，在劇院裏專心等待開場，偶爾與熟人互相打招呼，也都輕聲收斂。開場了，國語和台語（閩南語）摻雜，憑藉日語字幕，大概只有我這個觀眾無法確切了解台語的意思。一九九〇至一九九四年我在台灣讀大學，其間看過侯孝賢的《戲夢人生》，主人公就是布袋戲大師李天祿。李天祿入贅陳家，生下的長子沿例跟隨母姓，取名陳錫煌——觀看《紅盒子》，猛然知悉，啊，陳錫煌——李天祿的長子。

電影收結在沒有對白和字幕的布袋戲演出中。老父親攜掌上明珠出遊，不巧遇上垂涎女色的老員外。接着，文武雙全的小生制伏了老員外，並且與佳人情愫相通。尋常故事，通過掌中技法，出神入化，教人看得入迷。小姐梳頭、撐傘，公子身手矯捷，使力掀翻大石，老員外落荒而逃，狼狽仆倒，每個神情動作，無不惟肖惟妙。

觀眾回味無窮之際，銀屏上，陳錫煌師傅出台謝幕，為之四顧，為之躊躇滿志。

放映後，電影發行代表小林三四郎與導演楊力州對談。

小林敏銳指出，楊力州親自讀紀錄片旁白，包含本身的深厚情感。接着，他問，從李天祿（一九一〇—一九九八）到陳錫煌（一九三一—），怎樣反映了台灣百年的歷史軌跡。楊力州言簡意賅回答，布袋戲的台詞說的是台語，國民黨執掌台灣後，一度藉布袋戲演出宣傳政策，也促進了布袋戲的演出。可是，其後一步步抑制台語，再加上各種新的娛樂消遣方式出現，布袋戲觀眾銳減，終致式微。可見語言和文化的發展，實際上都受到政府政策的影響。

楊力州請觀眾到電影院看這部片，「這，可能是『最後一眼』。布袋戲大概不會消失，也慢慢培養出年輕觀眾，但，那還是不是包含傳統精萃所在的演出呢？」紀錄片刻畫這對異姓父子之間微妙情感的張力，也是導演用心所在，而這段父子之情，又關連到藝術傳承。

確實，楊力州十年光陰追隨記錄陳錫煌，他的旁白，悉力傳達出獨特的觀察思考和情感。

二〇一九年十一月十九日，《日本經濟新聞》刊登陳錫煌的文章《給台灣布袋戲灌注生命》（台湾の人形劇命ふきこむ）。文章最後殷切寫道：這十年來，著名導演楊力州拍攝記錄我，這部紀錄片，十一月卅日起在日本公映。布袋戲的復興，有賴於布袋戲手藝人和觀眾雙方的培養教育。日本的觀眾，如果想演出布袋戲的話，務必舉手告訴我。

熱情洋溢的話語，讓人十足感到老而彌堅的氣魄。

日本觀眾實在幸運，這篇文字儼然是紀錄片主人公完整的旁白，正好可與楊力州旁白互相對照補充。在港台，能讀到八十八歲陳錫煌老先生這篇文字嗎？

這篇深刻的短文，值得一記。

陳錫煌身上八十多載斑斑駁駁的時光，刻下這些清晰烙印。十二歲，因父親的一句話，進入布袋戲世界。小學畢業後，先是到印刷廠做工。個子小，要托舉沉重的活字版，吃力而且生怕一不小心就摔壞它。父親看到這個情形，問他何不試試做布袋戲。

二十二歲，陳錫煌首次正式演出布袋戲。年輕時，他有段時期在自己的劇團裏活動。父親的亦宛然掌中劇團，由弟弟繼承。二〇〇九年，弟弟去世，這一年，他七十八歲了，成立了陳錫煌傳統掌中劇團。

陳錫煌繼承了父親的一個小盒子，裏邊供奉戲神「田都元帥」，他每天與田都元帥說話。到海外演出，也要擲筊杯，得到田都元帥的應允，攜同戲神一同前往海外。

對陳錫煌而言，家裏甚少有父親的身影。李天祿晚上十一點回到家，總是吃過飯、洗了澡，馬上就睡覺去，第二天到來，又出外了。陳錫煌得不到父親親身指導，只能夠自己去觀摩領悟。如是，他的技巧有別於父親。「父親生前對我十分嚴厲，這可能是因為姓氏不同，父子之間有矛盾衝突。」

儘管如此，陳錫煌做布袋戲，是踏着父親的腳印前行，而且走到了底，闖出自己的藝術新天地。那瘦骨嶙峋的雙掌，專心致志，給布偶注入生命。

「布偶沒有骨骼，靠藝人以食指套着頭部，其他四指操作布偶手腳做出各種各樣動作。與其說女性害羞的動作，布偶的大拇指從頭向肩膀輕輕滑下梳頭的動作很困難，不如說高高踢腿的基本動作，技巧更高一籌。

「一般布袋戲手藝人不做布偶。我會自己動手做。削木頭，做好了頭和四肢，接着做衣服，繡圖案，再一遍遍改好扇子、裝飾和髮型等等。一邊做布偶，一邊考慮到套進手指的大小適中，動作怎麼一一表現。」

不管是台上台下，手藝人一刻不離手藝，從人間的風火爐中，老僧入定似的，提煉精丹。這段自我寫照，生動傳神，匠心獨運。

看《紅盒子》，隨着楊力州進入陳錫煌先生的世界，繼而憑藉陳錫煌先生自己的文字進入，感受有異有同，十分微妙，而透過這種交疊「閱讀」，無疑得到更加充實的體會。即使後來，通過臉書通訊請教劇團，那是陳先生自己的文字嗎。回答説，是日本記者按訪問記錄整理的。回頭看，仍然覺得，短文裏的每顆字都灌注了陳先生的心魂。踏入布袋戲舞台的因緣，學習觀摩技巧，布偶活動與手指的操作，縫布偶時的認真專注以及思考，微小的細節一一洞若觀火。舞台背後藝術家的如實面貌，非夫子自道不可。

今年一、二月，有機會觀看成瀨巳喜男的《歌行燈》（一九四三）與《鶴八鶴次郎》（一九三八），又讓我不時想起《紅盒子》。三部電影的主人公都是一心求藝的藝術家。盤旋九曲路上，臻於藝術頂峰的途中，交織了父子情、男女情，以至恩情、仇恨；道德、理想、現實，重重矛盾考驗，藝術家踉踉蹌蹌一關一關闖蕩，錘煉藝術。成瀨的老電影以及楊力州《紅盒子》，相信都會教人百看不厭。追求藝術，是引人入勝的主題。

二〇二〇年八月廿日，台灣公佈，陳先生榮獲第三十九屆行政院文化獎。壯心不已，九十歲的老人，仍然孜孜不倦傳承發揚傳統藝術，使盡每分力，不讓傳統藝術消失，「誰想學就教誰」，實令人高山仰止。

這裏，多麼靠近蕭紅

「在我所住的北邊，有一帶小高坡，那上面種的或是松樹，或是柏樹。它們在雨天裏，就像同在夜霧裏一樣，是那麼朦朧而且又那麼寧靜！好像飛在枝間的鳥羽翼的音響我都能夠聽到。」（蕭紅《在東京》，一九三八）

平石淑子指出，這是蕭紅描述住處北邊外濠公園一帶的風景。

在JR總武線飯田橋站出站，去神樂劇院看《紅盒子》，看了電影，到附近飯館吃飯，沒有來得及在附近走走看看，卻仍然生出滿腔莫名之感——這裏多麼靠近蕭紅！真的就是這裏麼？看着看着的文章，一下子，走着走着踏入字裏行間？

一九三六年七月十八日至一九三七年一月四日，蕭紅的東京書簡，一封封從東京投遞給蕭軍，不管他到了青島還是回上海。這些書信原件，在蕭軍編注的《蕭紅書簡》中一一完好印刷刊登(香港牛津大學出版社),多半寫在生長之家便箋上,少數寫在單行箋或方格稿紙上。繼續閱讀追尋,是平石淑子精心結撰的《蕭紅傳》(中國人民大學出版社)。平石考證出蕭紅的東京住處,在飯田橋站往南三百五十米處,蕭紅告知地址為「東京麴町區富士見町二丁目」。也是從《蕭紅傳》,讀到一張繪圖和一張照片,萬分可貴。第一封信裏,蕭紅描繪住的房間六張席子大,直想蕭軍在的話,一定在這「畫的房子」上自由打滾。第十四封信(一九三六年九月十日),還附上自繪的房間草圖,紙拉窗旁掛了「我帶來的鏡子」,日式拉門旁寫着「這是紙門上的小坑,一拉即開」。另一張是黃源、蕭軍和蕭紅的合影,魯迅在照片背後記着:「悄(蕭紅)於一九三六年七月十七日赴日,此影攝於十六晚宴罷歸家時」。引錄的魯迅與蕭紅片言隻語,莫不細細包裹珍重之情。

置身飯田橋,恍兮惚兮,經過的人,流動的車,吹過的風,掉落的葉子,不管多麼輕細的聲音與動靜,都想拼命聽,拼命看,拼命呼吸和嗅聞,生怕錯過了蕭紅。

蕭紅的東京生活,「彷佛充軍西伯利亞」,獨自闖蕩,孤獨蝕骨,鎮日沒有一個能説話的人,報名學日語,尚看不懂簡張內容,還曾被便衣警察跟蹤。

為什麼,會寫的人什麼都能寫,而且寫得好看!《孤獨的生活》(一九三六年八月九日)從這個夜寫到另一夜。夜裏醒來二次,所見都是屋裏藍色的燈光徹夜亮着，不久，天明了，決意起來。想坐下寫，終於放棄。捱到中午，索性出門找朋友。到了朋友家，朋友卻不在。房東說什麼，聽不懂，只好去吃飯。不敢去日本食堂，到了中國飯館，堂倌仍說「伊拉瞎伊麻絲」（歡迎光臨），於是她直接跑去和廚子說要吃什麼。吃了飯再去看朋友回來沒有，依然落空，房東的話還是聽不明白。回家，捱着一寸寸光陰，吃了晚餐，忍不住再去找朋友，再度落空，以及聽不懂房東的話。「假若，再有別的朋友或熟人，就是冒着雨，我也要去找他們」。這裏，沒有朋友，只得回到住處，亮了藍燈，看胡風譯的《山靈》，直看到覺得藍色的燈光不足，又開了白燈泡。天還未明。

在孤獨裏，寫信、寫作、學習日語，支撐着蕭紅。可是，十月十九日，這個坎無法迴避。魯迅逝世了。十月廿日信中，蕭紅寫道：「報上說是L來這裏了……？」廿一日信，「前些日子還買了一本畫冊打算送給L。但是現在這畫只得留着自己來看了」，有意無意，不加證實。廿四日信，確實說二十一日已渺渺茫茫知道一點關於周先生的死……

十一月十九日信，自剖九曲十八彎的心跡：

> 窗上灑滿着白月的當兒，我願意關了燈，坐下來沉默一些時候，就在這沉默中，忽然像有警鐘似的來到我的心上：「這不就是我的黃金時代嗎？此刻。」（中略）是的，自己就在日本。自由和舒適，平靜和安閒，經濟一點也不壓迫，這真是黃金時代，但又是多麼寂寞的黃金時代呀！別人的黃金時代是舒展着翅膀過的，而我的黃金時代，是在籠子過的。

岡田英樹論斷，蕭紅由於與蕭軍精神上的糾葛，感到疲憊不堪，她的東京時代，一方面忍耐孤獨，一方面主動尋求孤獨，專心學日語和創作，構建自己的「黃金時代」。平石進一步指出，這封信寫於蕭紅到了東京四個月以後，還應該視為「無論如何都要從失去魯迅這一精神支柱的強烈哀愁中恢復過來的『好勝』」。

為什麼好勝？自然是繼承魯迅寫作的事業。二蕭的情感糾葛，似乎是明顯不過的。蕭紅初抵日本，隔着距離，對蕭軍只有無時不已的思念：

> 你說我滾回去，你想我了嗎？我可不想你呢，我要在日本住十年。（八月廿七日）

> 你的信封上帶一個小花我可很喜歡，起初我是用手去掀的。（八月廿七日）
>
> 你總是用那樣使我有點感動的稱呼叫着我。（九月六日）
>
> 你健壯我是第一高興的。（九月六日）
>
> 我也給你畫張圖看看，但這是全屋的半面。我的全屋就是六張席子。你的那圖，別的我倒沒有什麼，只是那兩個小西瓜，非常可愛，你怎麼也把它們兩個畫上了呢？假如有我，我就不是把它吃掉了嗎？（九月十日）

思念，一時掩蓋了二人之間積累的衝突矛盾，十二月末，蕭紅簡短一信，似乎非得以文言直陳，方能定斷：「你亦人也，吾亦人也，你則健康，我則多病，常與健牛與病驢之感，故每暗中慚愧。」

一九三七年一月四日，蕭紅發出最後一封東京書簡，踏上歸船。這是為了回國，挽回二蕭的一段情。

痛苦的人生啊！服毒的人生啊！

蕭紅不得不痛吼，卻又努力轉圜：

在人生的路上，總算有一個時期在我的腳跡旁邊，也踏着他的腳跡。（總算兩個靈魂和兩根弦似的互相調諧過）（這一句似乎有點特別高攀，故塗去。）（一九三七年五月九日）

一九三八年，二人終於分袂而行。

以後以後呢？一九四〇年，蕭紅與端木蕻良來到香港，在這個碧海藍天也撫不平寂寞的小島上，完成了啞劇劇本《民族魂魯迅》，小說《呼蘭河傳》、《小城三月》等。在日本佔領香港的炮火聲中，蕭紅病發，且遭誤診，一九四二年一月廿二日，不甘心地犧牲性命，留下了未完稿的小說《馬伯樂》。

與其說蕭紅情路曲折，使人連連哀歎；不如說，要不是蕭紅總是突破窘困緊絀的條件，僅僅憑靠紙墨，開闢創作的黃金時代，在無情的歲月中，善忘的人，誰復議論起舊日一段崎嶇的情感？二〇二〇年是貝多芬誕生二百五十周年。聾，惡鬼一般卡在創作的路上猙獰肆虐，而貝多芬說：「我要扼住命運的咽喉，因為它不可能完全征服我！啊！活着，而且能夠活上千百次，該是多美的一件事啊！」扼住命運的咽喉，為了寫作，渴望一天天活下去——我聽見蕭紅響應着貝多芬。

自初中時代閱讀《呼蘭河傳》，就銘刻着孤獨，成長，出遠門的這個印象。工作以後，閱讀《商市街》，感到十分新鮮驚喜。近年每回去東京前，以及回到香港後，不禁反覆閱讀東京書簡。不曾去過東北。那麼，為什麼不是香港、青島或上海，而是東京，讓人恍兮惚兮，遙想蕭紅呢？

是因為東京四面八方縈繞着一片安靜嗎？——青島觀象路一號，故居高高的大麻石圍牆，寫着名字的金屬牌子突兀地釘在牆上；棧橋密不透風的人群，幾乎遮蓋了海，似乎都阻斷了文學的聯想——權當做是吧。懂得安靜的人，在東京，的確能嘗透靜的滋味。

再想想，更確鑿的是蕭紅東京書簡，以及《在東京》、《孤獨的生活》這絲絲紙墨氣息的引路。至於香港，它比不上東京。蕭紅在香港爭分奪秒創作，可香港本身還沒有融進蕭紅的書寫中。

三月十三日動筆，停停寫寫，
八月廿五日完稿，九月八日改定

瑣記瘟疫時期

一

「今天的作文題目是《疫情下的生活》。疫情生活必須圍繞疫情寫。可以寫農曆新年假期期間，聽到教育署一次又一次更新公佈復課日期。起初是二月十七日復課，接着改為三月十六日，最後公佈不早於四月廿日。起初聽說停課，是不是暗暗感到高興呢，第二次、第三次聽說，還一樣那麼高興嗎，心情有沒有改變？其間，引起哪些感想？例如，一件不起眼極小的事情，竟然掀起一波未平一波又起。……」

三甲班、五乙班的老師不在學校裏，而在公寓樓房中，聲音從書房漫出客廳，家人天然地參與旁聽。不在眼前的學生，反覆聽見他們的名字和學號，也慢慢有點認識似的。

是的，這時候的確懊惱追悔，加繆《瘟疫》怎麼還沒看。有一回在書店裏還差點兒想買。過了幾天，在家裏挨窗邊的櫥子裏搜出，自然滿心慚愧。打開書，裏面夾着銀行單子，第一反應是檢出這張破紙，孰料一看，二〇〇三年的，馬上歸放原位。沙士過了十七年，該讀的書仍然沒讀，那麼，該做的事呢——

這時期，確實有別於尋常日子，有時候一大早冷不丁冒出「瘟疫時期對話」。

諸如——大眾書店全線十六家倒閉。晚了一步，今天讀不到方方日記了。袁國勇撤回了文章！（三月十八日，袁國勇與龍振邦的文章《大流行緣起武漢，十七年教訓盡忘》刊於《明報》。）不到二十四小時前，準備看看這篇文章。二十四小時不到……

「方方武漢封城日記」，一邊看一邊歎，而且抄在文字檔上電郵給渡邊新一先生。

三月十五日所記，一個老奶奶好不容易替兒子（已退休人士）等到一張病牀，可兒子入院一天後仍是搶救不回來。作者痛之，不禁出以憤怒之筆：「『人不傳人，可防可控』，致多少人走上不歸之路。一想到這些，我就會自問：難道我們這些活着的人，為讓自己生活得輕鬆，就可以不幫助他們這些枉死者追責嗎？」

封城日記之動筆，始於庚子年正月初一日（己亥年年廿九，二〇二〇一月廿三日宣佈封城）。封城的日子，起初，怎想到進入第四十多天？日記末，常常記道：今天是封城第四十幾天！不到第二天，甚至不過刊登數小時，這些日記部分就被禁被撤。懷着無比勇氣，堅持真相的求索，並且挺住惡意腥臭的批評，幾乎可以肯定，因為方方，許多人成為忠實的「追讀微信訂閱賬號的香港讀者」，並且首次閱讀這類說明文字「『二湘的七維空間』被封號至三月十五日，我們用『二湘的八維空間』來發今天的方方日記。」三月十一日日記是個有力的注腳：「從昨天到今天，中心醫院艾芬醫生的名字在全網流傳。網絡封殺已經引發民怒。人們像接力賽一樣，刪一次，再發一次。一棒接着一棒。……在刪了發，發了刪的對抗過程中，保留下這篇文章，變成人們心中一個神聖職責。這種神聖感幾乎來自於一種潛意識的覺悟：保護它，就是保護我們自己。一旦走到這一步，網管，你還刪得過來嗎？」

自由的空間，始終把人們連結一起。渡邊先生每天早上五點起牀，一大早能看見他發來的訊息，其中有兩張報紙圖片。先是三月十二日《每日新聞》刊出坂東賢治《〈武漢日記〉反映事實》一文，繼而又有三月十九日《朝日新聞》整個頭版有關武漢疫情和方方日記的報道。這期間，方方封城日記結尾的「今天是封城第四十幾天」，多次改在開頭，三月廿一日破題是——「封城第五十九天。這麼長時間了！」

渡邊先生以日語翻譯了《落日》，與方方見過面——地點會不會是武漢？他把日記打印出來閱讀，不禁哀歎，武漢市內太淒慘了。

渡邊先生說：「我和韓應飛是認識二十多年的老朋友。」通過韓應飛這座橋，我認識了渡邊先生。他們兩位，始終如一，認真閱讀印刷本報紙。韓應飛有時候一口氣讀四五份。我的手機裏，常常收到報紙圖片。這次，告訴渡邊先生，標題ありの

ままの武漢、作家がつづる　日記をブログで公開　新型コロナ，查了ありのまま（實事求是）一詞，很高興。（標題意謂——武漢實況：作家「新冠」日記博客公開發表。）

韓應飛有沒有嘗到「獄中讀書」的況味呢，他整整被禁二十八天。先是二月九日，才知道所在的海南三亞市天涯區小城封閉，直到二十日解封，二十一日才能飛回呼和浩特老家，不料，又陷入另一輪十四天封閉。回東京的機票，一改再改。三月八日，終於及時抵達東京羽田機場。這之前，渡邊先生緊張地叮嚀，日本公佈，三月九日零時起，從中國、韓國入境必須隔離十四天。

韓應飛寫信給研究中國的高橋先生。信中寫道，中國的小區都有牆有門，估計高橋先生想像不到。他最近看電視節目才知道，武漢有七千多個小區。他多番說，日本的民居，怎麼可能實施小區封閉管理，沒有牆也沒有門。加繆說：了解一個城市，要通過了解那裏的人民如何生活、如何談情說愛以及如何死亡，似乎可以加上一項，民居建築的佈局與規劃，還有，書店裏賣哪些書，等等，等等。

二

二月廿六日，韓國新天地教會大感染還未爆發，在家中看了描繪瘟疫的電影，二〇一三年韓國片《戰疫》（金成洙導演）。病毒感染，死亡似一大片一大片樹林倒下般，焚燒堆積如山的屍體，隔離以至圍堵封城，人們群起突破封鎖，指揮高層分成兩派，勢同水火，意見針鋒相對，險些兒下令開槍擊殺逃亡者……。簡直不是電影。情景逼真，教人感同身受。

病疫，儼然是警世寓言。人類如何生存發展，思考反省不足，災難不期而至，落得個措手不及，死相枕藉。

觀影完畢，連忙用手機和李靜交談。難怪説，人類，有可能幸福嗎。一個人不幸福，全體就不可能幸福。靜説，人的問題不可能靠人來解決。人心善變，得依靠不變的信仰磐石。靜繼續寫道——給你個消息，我是基督徒了。靜，亦師亦友。真心敬重她苦心追求探索崇高與偉大。信不信神，都不會分開我們這一對朋友。

不久，得悉油麻地電影中心三月八日特地放映這部片，腦海裏老是浮起這樣的畫面，一雙雙從口罩上露出的眼睛，緊張惶恐，盯着銀屏骨碌骨碌轉動。然而，即使餐廳裏那些臉孔解下了防護口罩，不也都線條僵硬，懷着莫名恐懼嗎。

第四十四屆香港國際電影節改期舉行，電影節發燒友四、五月節目取消。二百部光影故事，嚴密禁錮。自己戴着口罩觀影，始於二月二日，止於二月廿二日，時間推移，氣氛越發慘淡，觀眾越發稀少。

二月二日，在灣仔藝術中心看格魯吉亞導演帕拉賈諾夫的遺作《歷劫鴛鴦》，觀眾並沒有減少，不過都戴着口罩而已。完場時，影迷的神情怡然自得，有些輕言細語談論觀感，有些抬眼四望，與自己認識的同好打招呼。電影結束，同場觀眾彷佛一同接受了洗禮，臉上光芒閃爍的這一幅畫面，最教人回味無窮。二月八日，放映場地大館關閉了，臨時改在尖沙咀Art House電影院原時間放映，靈巧的安排，贏得稱讚。入場前，先量體溫，這一場是成瀨巳喜郎的《鶴八鶴次郎》，難得的好電影，可惜觀眾稀稀疏疏。二月廿二日，仍是同一家電影院，每隔一行貼着保留座位的字樣，是藉此區隔觀眾吧。這一場觀眾人數更加寥寥。這一天，上映的是帕拉賈諾夫另一部電影《紅塵百劫》。Art House，海旁的電影院。走出黑匣子，海風徐徐，春陽融融，這裏那裏，都是貼着口罩的面孔，甚至包裹着防毒面罩，也有些拉下了口罩圍在下巴，露出嘴巴舔着冰淇淋。戴眼罩的，也不時出動。翠手機發來簡短的生日祝福，於是回覆説，帕拉賈諾夫的電影，聯想起那些野獸派色彩。又看了一部看不懂，卻仍然覺得神秘，美好的電影。總是太多看不懂，希望一直懷着好奇心，探索，追尋，思考。

三

太多始料不及。年初五起(一月廿九日)開始實施各種停頓措施,二月十七日,公務員復工,體育館、博物館、七間圖書館恢復開放,又瞧見出門上班的人背包斜露着球拍長柄。疫情似乎一步步緩解。孰料,繼韓國大爆發後,意大利越演越烈,還有西班牙、英國、美國,一時間,海嘯山崩。從歐美入境香港的人士,包括許多落荒而逃的留學生,使香港的確診人數驟增。三月廿一日,政府宣佈:公務員三月廿三日恢復在家工作。高中文憑試推遲至四月廿四日,取消中、英文口試。中小學復課遙遙無期。圖書館、體育館、博物館第二度關閉。

春:

一刻不忘我們的約定。

花

花信,如期而至。桂花噴香,木棉盛開後,樹上已開始長出葉子,潑墨般渲染的是杜鵑花。東京山種美術館舉辦「櫻花二〇二〇——在美術館賞花」特展,從近現代日本繪畫中挑選五十幅以櫻花為題材的畫作。畫作分三章,第一章標題為桜とと

もに。請教渡邊先生，他解答：一般地說，桜とともに的後邊有動詞，沒有的話，有弦外之音，大概是和櫻花活在一起。這是我自己的感覺。

多麼美好的解說。直教人嚮往浪漫派、豪放派。過了一兩天，想起，為什麼不可以是婉約派。又想，豪放派史湘雲獨佔，婉約派不難，倒是浪漫派大費推敲。

三月二十一日，方方日記寫道——疫情以來，關於「愛」，關於「善」，已經不那麼空洞了。人們可以清晰地看到真善和真愛是什麼。

是的，回想起這則報道了。在餐廳、茶樓此起彼落的倒閉潮中，香港也有「良心僱主」安排員工停工，卻不停發薪水。又有一家年輕女東主的西餐廳，員工都是年輕人，她說，越是艱難時期，越不該解僱員工，現在用以前的盈利捱下去，能支撐多久做多久。難道一切只為賺錢嗎！真的做不下去，關了餐廳，再想其他法子吧。女東主笑說，快點兒度過這些艱難的日子吧。多麼想脫了口罩，和來客笑語相迎。

城市建設，醫療水平，教育普及以外，良心，尤其是穩妥的憑據。

世代流轉不息，《瘟疫》裏的俄蘭城，恰恰是眼下一個個現代化城市。

小說描述，俄蘭城的人們死得不舒服。「生病當然一向就是不舒服的，但有些城鎮，可以說，當你生病的時候會呵護你；在這種情況下，就某種角度來說，你可以略無遺憾的撒手西歸。」

在現代城市裏度過的人生，有多少人忍受冷漠無情呢？我們一天一天活着，也一天天真切的反省思考吧。

這時候，《瘟疫》看了五分之一，將好好讀下去。

三月二十二日，方方日記開頭是——封城第六十日。難以想像的日子。渡邊先生由衷説，方方是寶貴的作家。他可會動手翻譯呢？

瑣記本於上文收結。後來，又看到一個視頻。一位意大利醫生説，今天早上出門到醫院前，留下字條給妻子兒女，説愛他們。他最無法面對病人問道，「醫生，我還能活多久。」他最無奈，打從幼稚園結識的朋友，一起玩，一起成長，眼下是自己搶救的病人。「你們在外的人，要記住，每個生命都有意義。」

苦難寸心知。文字，千古以來銘刻——每個生命都有意義。

二〇二〇年三月廿至廿三日

附記：方方著，飯塚容、渡邊新一譯《武漢日記》，日本：河出書房新社二〇二〇年九月出版。

不得不嚮往美好
——電影《金都》

同明相照，同類相求——「電影節發燒友」大概是這樣一個組織。今年，發燒友先是宣佈取消三、四月的節目，繼而，又取消了五、六月的。沉着小心的度過一天又一天，疫情稍緩，「重返大銀幕」，放映了《金都》，導演兼編劇黃綺琳並且作了映後分享。

《金都》，散發濃濃年輕氣息的小品電影，這股氣息，似乎久已失落，相對相視的一刻，不期然問候一下年輕的自己，多麼熟悉多麼親切。

黃綺琳說，一直想以真結婚和假結婚的對照來說故事。二〇一七年，三十歲了，剛好有個劇本寫作徵文，於是開始動筆。劇本裏故事發生的旺角金都商場，很多店舖經營婚禮服裝租賃、售賣各種婚禮用品，是她小時候的生活場所，讓她捨不得把劇本交給其他導演拍。中港假結婚的題材，源自她的親身經歷。黃綺琳念電影碩士時，班上只有她一個香港本地學生，其他同學都是從內地來的。內地學生在香港讀書若干年，工作、生活若干年，滿了七年，就可取得香港永久居民身份證。當時，的確有個同學，向她提出假結婚。她還認真瞎想，如果愛他，不應該收錢，如果不愛他……。後來，他們嘗試談價錢，而最後，事情談不攏。寫劇本時，她還查閱了資料，有許多福州人和香港人假結婚。

記得蔣勳說過，活過二十一歲是可恥的。想來，這是嘉許年輕人真誠，熱情，對人生與未來懷抱憧憬與希望，不苟且偷生，不得過且過，嚴肅思考人生：黃琦琳的電影，流淌新鮮活血。

同居男友 Edward 正式向亞芳求婚，亞芳意識到，先得抹去假結婚的註冊記錄。十年前，亞芳為了掙一筆錢，好從家裏搬出來自由生活，通過中介公司安排，與福州男子楊明偉假結婚。在真結婚以前，她去政府部門一查，原來婚約尚未解除，而中介公司已倒閉了。也就在這時，十年來未曾謀一面的假結婚對象從福州遠道而來，央求亞芳，幫忙幫到底，並且答應一旦申請到香港身份證，就馬上和亞芳辦離婚。實際上，楊明偉打算借香港做跳板，他一心嚮往美國的自由。

Edward 得知亞芳假結婚的事，一時之間縱感到十分不平，卻終於接受了，可說是百分百包容。每天每天，他們在同一屋簷下，Edward 知道亞芳的任何事，經常看亞芳手機的信息，亞芳稍有不快，必定想方設法逗她開心。一次他們大吵，事後，亞芳問他，我們以後就這樣嗎？他抱抱她肩膀示意。

另一邊廂，楊明偉終於搬不動自己的絆腳石。雖然亞芳特地來到福州，與他一道去公安局辦出國申請面試，楊明偉的女友卻懷上了孩子。在寂靜深夜面紅耳赤地爭辯一頓後，楊明偉最終決定——和亞芳辦離婚，與女友結婚。

電影尾聲，亞芳離開福州一個破落的小區。她剛剛拜訪了楊明偉和他的女友，還專程攜了錢還給他們，叮嚀準媽媽好好帶大孩子。時間再往前推，亞芳在香港坐上開往福州的長途汽車，關掉了手機定位設置。

愛情那火樹銀花，為什麼化為灰燼；親人之間關懷照顧，怎麼不發僵發硬，變成桎梏枷鎖，亞芳，不一定找到解答，可是，她至少給自己一個機會，好好思索。

亞芳角色的塑造，略似《聊齋》裏的孤魂野鬼，但求人間一點溫暖。電影中亞芳父母沒有露面，只有父親説不上五句話的聲音演出。亞芳打電話給父親，説自己要結婚了，可能要辦酒席，在一片麻將牌的碰撞聲中，父親漫應着。這的確是導演的神來之筆。

人世的美好幸福十分罕有，可是，人，都不得不嚮往幸福與美好。

回頭説電影。黃綺琳二〇一二年浸會大學電影學院碩士畢業。希望從事鍾愛的電影工作，同時確保有點收入，主要做電視劇編劇，偶爾參與聯合執導，二〇一八年，《金都》獲得第四屆「首部劇情電影計劃」大專組獎項，及後成為她親自執導的首部作品。黃綺琳也是填詞人，片中主題曲歌詞出自她手筆。電影拍成，她也不無遺憾。電影中的長途汽車實際上不是開往福州的，香港福州之間只有高鐵往返，可是，要申請拍片的話，所費不貲。在台上，她不忘抓緊機會說：「這部電影六月十一日正式上映，希望大家去看。」

看《金都》去吧，這肯定是一部清新脫俗的電影，年輕，質樸，懇摯，不禁教人回想起年輕的自己，那時，不是反覆思考過「假作真時真亦假，無為有處有還無」麼？

二〇二〇年六月三日

金澤文學周遊

渡邊新一先生說，金澤兼六園裏，時雨亭最別致。韓應飛則說，金澤有鈴木大拙館哪。渡邊先生似乎第一回聽說，不由道：「是嗎？」他料想，韓應飛多半從報紙上看到了相關介紹。多半是《日本經濟新聞》的文學周遊欄目吧。我在香港聽說兼六園時，腦海中浮現的是古樹、庭園、石燈籠、石橋，一家四口的全家福，二〇〇九。然後，數着父親大去後，一年又八個月匆匆逝去……

二〇一九年十一月三天的「渡邊團」行程，擬定為，去金澤看兼六園和鈴木大拙館，第二天去福井縣看藤野先生紀念館，最後一天上午去三國港東尋坊，下午返回東京。

從東京出發去金澤，韓應飛和我在上野站上車，渡邊先生在大宮站上車，三人會合，前後排座位。坐下了，渡邊先生向後扭身，給我們行程表。細緻的行程表，師出有名，定為「金澤・福井旅行日程案」，還有三人的名字、日期、觀光點、車次等，另加上手寫字。左列金澤許多地點：兼六園、金澤二十一世紀美術館、石川縣立美術館和鈴木大拙館，右邊空白處寫着：「時間夠嗎？」

位於金澤市中心的兼六園是日本名園，為江戶時代的大名（諸侯）庭園代表，經歷多任加賀藩主構建成形。這所庭園美學兼擅六勝——「宏大」、「幽邃」，「人力」、「蒼古」，「水泉」、「眺望」（在水池、瀑布附近鮮有遠眺的大視野），六個項目可分為三組，每一組的二個特質相反，豈能容易兼得，知難而不畏難，一旦園成，特名之以「兼六園」。兼六園的園林美學，可追溯自宋朝的《洛陽名園記》。中國人在日本旅行，常常瞧見似曾相識的景致，不由得輕喟，方醒覺自己的失落。

「我認為兼六園最獨特的就是時雨亭。」到達兼六園，渡邊先生又篤定地重申。於是省略了所有旁枝末節，直奔時雨亭而去。脫了鞋，從窄窄的門進入，通過暗暗的玄關，甫進入室內，倏地一片明淨向我們綻放。榻榻米一張張整齊鋪墊，與原木色天花板渾成一體，障子向兩邊推開，門上木條橫橫豎豎畫着一個個格子，糊上清爽的白紙，壁龕裏掛着書法。每件東西都擺放得停停當當，得其所哉，沒有任何雜物，這種簡淨，不知不覺讓心沉靜下來。原來，奉茶時間未到，這裏是等待間，我們都坐在榻榻米上，說着什麼或看着什麼。不久，更多茶客進來，包括來自德國的一對夫婦。一張張臉，不約而同，都寫着期待的美好心情。時間到了，大家挨次走過通道，進入奉茶室，輕輕坐下，謙虛學習似的與茶師互相點頭行禮，邊轉動茶碗邊觀賞，接着吃一口甜甜的茶點，再細細品茶。最後，終於下課了，一行人都高高興興，或自由走動，或三三兩兩坐在濡緣上，看看花草樹木，嗅聞秋意。

風輕輕的，似摩挲着樹葉，簌簌，簌簌，不管哪個角落，都明顯聽見橐橐橐——橐橐橐時間推移的聲音，於是我說：「時間總是不斷流逝，不管多麼不動聲色。」

渡邊先生說：「時間總是流逝嗎？為什麼我每每想起父親離世的那個時間點，都覺得時間凝固不動，而且每個細節都清晰分明。」六十多年前，渡邊先生十歲大，父親去世。

「可是，那是在一去不回的時間裏回憶往昔，連凝結的時間也一併流逝……」

「我的感覺是……」

放眼草叢，一隻蜻蜓款款而飛。渡邊先生掏出筆記本，把來了又去的蜻蜓寫進俳句。

一隻蜻蜓，既可能孤單無伴，兼且又是心無掛礙的吧？

來和去，一對意思相反的詞語，很平實的記錄一切事物以及人物的行動。來和去，是一堆觀念嗎？所有的觀念都是束縛，脫出牢籠，方可自在自適。可是要表露自在自適之意，還是得通過「來」、「去」二字吧，怎麼才能直接把握感受呢。我們深囿於觀念的囚牢，往往以指月之手當做月亮，摒擋了如實的感受……

「走吧。去鈴木大拙館。」

實際上，時雨亭太過華美。傳統茶室，二坪（四張榻榻米）大茅草屋頂，一人靜坐思考，彷佛置身於人間一方淨土。大拙館，倒是有意無意，活現這番意境。

金澤，鈴木大拙的出生地，在這裏，大拙館二〇一一年七月落成，靜靜地敞開懷抱，迎接各地旅客前來認識「世界禪者」的生平事跡。建築面積僅六百三十多平方米，建築師谷口吉生同樣在金澤出生。建築空間劃分為玄關、展示廳和思索空間三部分，其間有回廊分別通往玄關庭園、水鏡庭園和露地庭園，在這樣巧思構成的空間裏駐足、行走或安坐，思想似乎不染纖塵，一瞬間，晤對完好純潔的自己，不禁好好的擁抱問候。展出的大拙生平照片不多，展示的著作也不多，亮白建築、水池、清水模石垣，一概直線條，可是生機滿滿。

「這裏是思索空間。」渡邊先生彎腰說。思索空間似透光透風的暗室，十分柔和，這個空間似乎懷有一顆善解人意的心，不知不覺，啟人靜靜思索。渡邊先生和韓應飛並坐於長凳子上，談着笑着，臉上的神情一片和悅，牆上，投着他們的剪影，似月色淡淡。

今年八九月間，拿出《鈴木大拙〈禪與日本文化〉．金澤市》（《日本經濟新聞．

鈴木大拙紀念館庭園。

時雨亭茶室。

晚報》，二〇一六年十一月十九日）剪報複印邊查字典邊讀邊問，韓應飛問作者是誰，我說是毛糠秀樹。他說，是很好的作者。他每每稱許，日本報刊文章精簡，耐讀。文章這麼開端，大拙館開館五年，錄得二十萬來自斯洛文尼亞的參觀人次，從印度尼西亞來了一個一百人參觀團，以及一對荷蘭夫婦連續三天來訪，因為，「金澤圍繞着鈴木大拙的故事」。這一句，使文章一下子轉入清新童話中，並且着一聲ポシャッ。撲通一聲水波蕩漾。原來，「水鏡庭園池水有個裝置，每隔幾分鐘池水波動一回，開啟人們心靈省察。」是嗎？渡邊團友渾然不察，更不必說想起什麼俳句。文章接着別有會心寫道，撲通一聲，《古池》俳句脱口而出。鈴木大拙《禪與日本文化》一書，解說了芭蕉《古池》俳句的意境。芭蕉不但歌詠閒寂意境，而且富有藝術家的「直覺」。心無成見，表現出自由獨立的藝術創造之境，庶幾與「宇宙無意識」契近，也就是禪悟。至此，筆鋒又一轉——禪，不是說「不立文字」嗎？雖這麼說，海內外的訪客，何妨都來試試，隻手拿着一冊大拙的著作，一邊看，一邊在水鏡池邊流連駐足。

讀至此，能不恨恨怎麼沒有沿着水鏡池而行，讀讀大拙文字麼？

及後，寫電郵給渡邊先生說，正在讀《禪與日本文化》，可惜那回沒有在水鏡池邊讀《古池》。記得他曾說周作人的中譯最好。渡邊先生回郵說：

提起《古池》，我覺得，周作人的漢語譯最好，請看如下：

古池呀——青蛙跳入水裏的聲音

我想，周作人理解到俳句的切字（切れ字）有很大的功能，所以他翻譯「呀——」。

渡邊先生還問，《禪與日本文化》中譯本是什麼時候出版的，我回說大陸和台灣都有翻譯，大陸早在一九八九年已出版。二〇一六年大拙逝世五十周年，一七年南京譯林出版社出了錢愛琴、張志芳譯本，一八年，台北遠足文化事業股份有限公司出了林暉鈞譯本，加上副題《探索日本技藝內在形式的源頭》。台灣譯本大概根據一九四〇年日譯本翻譯（最初英語發表），大陸版根據一九五八年的英語本，內容略有不同。渡邊先生指出，這本書是能夠説明日本人的一種美學意識的代表作品之一。他還提起，鈴木大拙一九三四年五月在上海與魯迅會面，關於會見，鈴木在《支那佛教印象記》「寫真細説」中作了附記：「因內山書店主人的幫助而會見魯迅先生。與短軀偉貌的魯迅先生的會面儘管時間很短，但完全可謂春宵一刻值千金的感覺，是那一問一答的心中美好思念。」

「魯迅和日本人的各種關係非常豐富，我希望日中兩國更多人知道。」渡邊先生如此說。

九十年代，我在台灣大學念書時，每年總有幾回，某個學生社團在學生活動中心辦小書市，每回都有志文世界出版社的成套世界名著，包括鈴木大拙的書。那時候已聞說禪與鈴木大拙，可是因緣未足，始終沒有閱讀。閱讀鈴木大拙，回想起當年閱讀莊子，心靈洞開，緊緊貼近美與自由。莊子多指向亂世全性，以及藝術審美，而鈴木大拙更加切近眼前如實的生活。《禪與日本文化》指出，芭蕉是藝術家，不是禪者，可是具有禪悟，芭蕉一生似雲遊僧，這是出於自願，彷彿修行，時刻用心，他最好的作品，出於直覺，臻至禪的悟境。書上還說：「我們必須記住，旅行過於容易舒適，那就會失去精神意義。旅行的孤寂感，促使人們對人生的意義進行反省。畢竟人生就是從一個未知到另一個未知的旅途。」旅行，是為求一時感官新鮮刺激，還是渴求靜水深流般的文化體驗呢？

韓應飛說，看文學周遊，去所提到的一個個地方旅行，再把提到的書一本本閱讀，然後也試試寫文章，一定很有意思。聽時覺得平平無奇的話，現在想起，他的話一語中的。下回渡邊團行程，也加上「文學周遊」四字吧。

庚子年，新冠肺炎來襲，自此，大家莫不小心翼翼防備着生活着，說什麼旅行，文化體驗，禪與悟，不都是隔靴搔癢嗎？自三月九日零時起，從中、韓入境日本必須隔離十四日，韓應飛及時飛返，從此困守東京，孤單無助。不情願教網課，不想看報，一切索然無味，連身體也毛病叢生，反覆說沒有希望，憂心忡忡。本來渡邊先生打算八月陪伴他到溫泉，輕輕鬆鬆度過幾天，最後因疫情嚴重，打消了念頭。最近二人重新計劃十一月出遊。成行的話，渡邊先生又會把眼前什麼景物寫入俳句呢？在咖啡店歇腳時，韓應飛一定會有片刻解下憂愁，綻露笑容，說起基恩、田村隆一或池波正太郎吧。他們肯定也會惦掛起我滯留在港……

不管怎樣，一定能熬過艱難日子，期盼什麼時候渡邊團再度三人行，在某個瞬間，細細品茗之際，不必沉思默想，而是直覺領悟，超越永恆時空。

二〇二〇年十月五至七日

純真的出版人作家何紫先生

一

回想起，父親四十五六歲，我十三四歲時，父親給我看何紫（一九三八——一九九一）的兒童小説。那是小讀者與書最單純的連接，動人的生活故事，好看，愛看。以後，沒有再讀何紫其他作品，倒是看了一兩本「擷芳書列」的書，根本沒留意是山邊社出版，甚至讀到阿濃《濃情集》時歡喜不已，卻怎能想像得到阿濃與何紫，亦師亦友，在沒有互聯網的時代，寫作時有什麼不確定，就向「濃兄」請教。

二〇一六年，父親一日日失去寶貴的健康，遽爾，我到了父親四十五六歲的年紀，山邊社慶祝成立卅五周年兼紀念何紫先生逝世廿五周年，難得傾聽何紫薇女士細細談父親何紫與山邊社。

一九九〇年尾，何紫診斷出肝癌，醫生説只有三個月生命。有那麼多想做的事，他不怕死，卻不想死，遂以頑強的意志，在病痛中堅持不懈寫六個專欄，從不脱稿。一九九一年十一月三日，何紫永別人間。此後兩三年間，妻子懷着沉痛，一邊經營丈夫一手開創的山邊社，一邊整理丈夫手稿陸續出版，包括《我這樣面對癌病》、《給中學生的信》、《何紫情懷》和《少年的我》等。《少年的我》一九九三年獲得第二屆香港中文文學兒童文學組雙年獎。「父親病重時，我在外國讀書，只有母親陪伴在側。」父親的棒子傳給母親，現在，是何紫薇女士接棒了。她說，她有一個哥哥和一個弟弟。哥哥的二個孩子在加拿大成長，不懂中文。弟弟媳婦是意大利人，他們的孩子是混血兒。「我有一個女兒。所以，我一定會念父親的書給女兒聽。這是重要的文化傳承。」

二〇一六年，我的父親一息尚在人間，這一年，讀了《童年的我．少年的我》，卻沒有和父親談起，就這麼永遠錯過了。轉眼間，父親大去兩年了，二〇二〇年，重聽錄音，重讀《童年的我．少年的我》，錯過的對話，在心中浮現——啊，從前你讓我看何紫，原來他還有這麼多好書……。想念父親，感傷，同時學習堅強起來。

二

《童年的我．少年的我》咀嚼不盡，餘音嬝嬝。

何紫三四歲時正值香港日治時期，他的父親經過疫站時被日本兵強迫注射一針，最後枉死。母親每天外出擺賣掙錢維生，僅僅五歲的何紫常常獨留家中。一回飛機轟炸灣仔海旁，死相枕藉，他全身裹着棉被，跑到樓下車房躲進車底下，不但渾不知生死一線間，而且拿着汽水蓋高高興興地玩。母親回來，覓得大難不死的兒子，相對如夢寐。三年多歲月，母親不欲何紫瞧見淒慘的慰安婦，縫綴麻布袋嚴密遮蔽窗口，母子倆活在黑魆魆的屋裏。直到日本戰敗，痛快一剪麻布袋，一室大放光明。

書中所記人物可親可近，他們在困乏艱險中，依舊樂觀開朗地活下去。

《童年的我》，摩妮的出現，一如黑沉沉夜空中流星一閃即逝，令人驚呼復驚歎。何紫與摩妮不打不相識，他覺得她皮膚黑黑的，像熱帶魚摩尼，硬是給她取名摩妮。「窮人的孩子早當家」，他們僅一時片刻聚在天台快樂玩耍。一回，摩妮得兩天內做二千個繩球，急如熱鍋上的螞蟻，何紫召集六七個小友，一起趕工，使天台瞬間變身為「快樂工場」。當時的修頓球場，晚上有各種江湖藝人表演，龍蛇混雜。一個惡棍欺侮耍猴戲的老伯，一眾小友竟抱打不平，有膽量有義氣。可惜，摩妮如流星划過天際，轉瞬間，全家搬走，不知所終。

生動傳神的故事，童年讀者讀了，長成少年，成人以後，一定仍會回頭細讀。

《童年的我》可見戰亂下的聚合離散，《少年的我》，儼如輓歌曲曲哀唱。動植物公園的花王張先生，總是刺破孩子的皮球。他抓住何紫和同伴，讓他們睜眼瞧瞧皮球所擲傷的花木。張先生把一草一木當做自己的家人，傾心照顧，讓何紫深深感動。何紫親近張先生，漸漸感受到父愛。何紫自幼失怙，張先生則是「死剩種」，在灣仔大轟炸的瞬間痛失妻兒。張先生借酒銷愁，然而，酒入愁腸愁更愁，一回酒後自戕，終致失救。

《童年的我．少年的我》是報紙專欄上每篇五六百字結集而成，樸實真切，文學氣息含蓄其間。花王張先生，說起杜鵑啼血，說起杜鵑另有五六個名字——山躑躅、紅躑躅、山石榴、謝豹花、映山紅。中國文學傳統有所謂「詩，可以興、觀、群、怨」，「多識於草木鳥獸蟲魚」，張先生認識杜鵑不同名字，可推想他頗有接觸典籍，或許遭逢亂世隱身於草莽之間。

何紫母親，書中着墨不多，卻洋溢母愛。她想盡辦法讓兒子轉讀官立小學；兒子第一次參加賽跑，被槍聲嚇倒呆立不前，她沒有笑他，只倒茶給他喝；兒子四年級時無心向學，她看了成績單，慈愛地撫摸兒子的頭。《半天星河》，曲盡母子情，詩意力透紙背。

讀《童年的我．少年的我》，油然生出讀《詩經》之感，樂而不淫，哀而不傷，怨而不怒。教我們堅強活着，珍愛生命，擁抱生命。

三

斗轉星移，何紫薇女士懷疑過，父親的作品還會有小讀者嗎？事實上，有一個小讀者寫信：「天堂上的何紫叔叔：為什麼有一個故事沒有結局，您可以告訴我嗎？」

「先有何紫，才有何紫薇。」何紫薇女士這樣談起父親的筆名。何紫原名何松柏，挑了個女性化的筆名寫兒童故事。而且，家鄉順德鄉間養蠶繅絲，「此糸」，包含了故梓情。我恍然大悟，仍笑說：「總覺得還有一個意思——何止是兒童文學。」香港地，不正是文學從來不受重視，兒童文學尤其受忽略嗎？可是，這無法掩蓋何紫兒童文學的光芒。

何紫一九三八年在澳門出生，三歲時，父母抱在懷中逃難到香港，不久，父親過世。因日本佔領香港，直到戰後才入讀敦梅小學，三年級時轉入羅富國教育學院附屬官立小學，重讀三年級，四年級無心向學，成績表紅斑處處而留級，因此，他在班中一直是個超齡兒童。儘管如此，何紫從小展開閱讀。曾有飛機轟炸圖書館，母親從瓦礫堆中挖出不少書，何紫由是讀到唐詩。他「寫作」的起步，始於替母親回信給鄉間親友，幫姨姨寫信給在加拿大工作的姨丈。中學時他在寄宿學校半工讀，下課後，要看顧年幼同學，其間，培養了講故事的想像力，他還撰寫相聲表演的底本。

何紫中學畢業後，在培僑中學小學部做了三年老師，與學生相處的經驗，成為寫作的素材。其後，任職《兒童報》編輯六年，從編寫到排印每個細節全程負責，人手緊絀，他常常睡在編輯部。當時，司徒華是他的同事，並以筆名「向天海」寫長篇兒童故事。六十年代，何紫也在《華僑日報》任編輯，在該報《兒童周刊》寫童話和兒童故事。一邊做一邊積累經驗，一九七五年，何紫首次選輯報刊作品結集，自費出版了《四十兒童小說集》，由兒童圖書公司發行。該公司是何紫與友人於一九七一年合作經營的。《四十兒童小說集》大受歡迎，其後再出版《兒童小說新集》、《兒童小說又集》，這無疑鼓舞了何紫的事業心。

兒童圖書公司位於面海的北角新邨，一九七五年，何紫在般含道十七號另設山邊公司店舖，不久，退出兒童圖書公司，獨資經營山邊公司，並在一九八一年成立山邊社。八五年，在第三街六十六號增設店舖，八八年，山邊社由般含道原址遷到屋蘭士里。山邊社名的含義，一指社址所在地，位於般含道半山；二為sunbeam（陽光）的諧音。山邊社出版方針，純真無邪，面向校園，為幼兒以至大專生出版優良普及讀物，定價也不高。

山邊社巨細靡遺搜羅好作家，並發掘有潛質的新作者。小思（《日影行》）、陳耀南（《應用文概說》）等，屬前者；後者如潘金英、宋詒瑞、胡燕青（第一部書《彩店》）。圍繞般含道山邊社以及零售店，不知不覺間成為文化人聚集地。胡燕青、陳耀南、嚴吳嬋霞、李樂詩，都是這一帶的街坊，何紫也從中探出觸角，邀約出版。何紫廣交四方八面之友，開創山邊社同年，還創立香港兒童文藝協會，成員包括導演單慧珠、演員蕭芳芳等。

何紫全心撲在寫作和出版上，勻不出時間給兒女說故事，也沒有鼓勵兒女舞文弄墨；而兒女小時候未懂得欣賞父親作品，漸漸長大，也有自己讀書生活的重心，並未覺得父親的「事業」多麼重要。當時只道是尋常，如今回想昔日家庭活動，別有滋味。何紫薇女士憶想替父親送稿到報社；新書出版，張貼街招，《陽光之家》月報出爐，也是一家人一份份入封，貼郵票，然後投遞。

「山邊社經營十年，一九九一年，父親的出版事業攀上高峰，也是寫作最高產的一年。在生命最後的時光，父親把精力聚焦於寫作，一篇篇傾力而寫，一篇篇分享，洶湧澎湃。」何紫薇回想母親愛哭，脆弱，但父親過世，無法子不堅強起來，在好友、好員工支持鼓勵下，繼續經營山邊社。「當時已退休的培僑老師彭文盛在社內兼任編務！直到一九九六年，山邊社與新雅文化公司合作，成為旗下子公司。」

不意，聞聽兒童文學家的溫馨愛情故事。「父親在文章中也有着墨和母親的相處。那時母親幫忙收銀，稍不合意，互有頂撞。母親批評父親態度『一啖沙糖，一啖屎』（一時甜蜜一時狠惡）。可是他們相約，第二世仍要做夫妻。「父母怎樣結識——他們參加校友會活動，男士負責送女士回家。當時父親在《兒童報》工作，很近母親的住處，他常寫信、畫畫，投到母親家中信箱。包租婆還故意笑問，怎麼信封都沒貼郵票……」知悉何伯伯夫妻的愛情故事，倍加感受其作品溫馨細膩情感，其來有自。

何紫的兒童故事刻畫友情、親情，記述成長路上遭受的困難，友朋之間的志趣相投以及信用義氣，歷久常新。

四

紫薇與我有幸這般交流聯絡，兩位父親瞧見，大概會笑瞇瞇說，聽着故事長大的孩子……

痛失父親，永遠無法撫平內心哀傷。聽着故事長大，成人，及後一遍遍重回永恆的故事園地，並嘗試繼續講述故事。紫薇與我互勉。

二〇二〇年十二月十四至十五日

閱讀家書

父親身後一兩年，有一天，母親説，近日發現了父親準備好的緊急使用背囊。裏面有屋契、我們當年來港的通行證，以及幾通舊信。我和妹妹聽着，體會着父親細心溫暖的照拂。

舊信七通，有五通是祖父從印尼寫給父親的，一封姑姑從馬來西亞寫來的，這些，可視之為「家書」，還有一封，是父親好友從深圳寄來的。

父親接信、讀信，眉頭緊蹙，嘴角淺笑，內心起伏，在我一遍遍啟讀時，一一浮現眼前。而且，一條路慢慢延伸，讓我走近遠方陌生的祖父。祖父的手筋脈浮突，握着筆，一筆一劃仔細寫着叮嚀着。

一九八〇年二月尾，我們全家從福州移居香港。人生路不熟，卻並非沒有任何憑藉。原來，祖父一早央請在香港做生意的印尼華僑照應我們一家，租了公寓，讓一家人一到步就有落腳地。

一九八〇年六月一日的信寫滿了兩頁。祖父提到和祖母在三馬林達當地特意拜訪江老先生。老先生的一個兒子在香港做木材生意，事業如日中天，公司有船把木材運送到香港、台灣和日本等地。祖父稱許江老先生沒有富翁架子，「我們要養成越富有，越要謙虛，切不可擺架子……希望你有什麼事情需要找他幫忙，必須客氣一點。」看祖父的信，才知悉江家做木材生意。由此回想起有好些年，每逢過年，不少職員闔家到江家拜年，我們一家也這麼做。每年，都有醒獅隊表演助興，隆重其事。再往下想，父親曾在木材公司的寫字樓做文員，後來，寧可脫離蔭庇，走自己的路。到江家拜年一事，也隨之消失。大概，在香港，父親的路，一直走得顛躓不順，可這一切，父親幾乎不談，要不是讀信，串連起線索，過去的好些畫片，幾乎全部漫漶無跡。

信中，我總愛反覆讀「兩個孫女上學成績如何」，父親回信時怎麼說呢？說很快就趕上了英語學習，認繁體字也不成問題嗎？父親說了他自己教我們兩姐妹念英語的事嗎？當年為什麼不教我們寫信問候祖父祖母呢？我們一直抱有這樣的印象，祖父母難免重男輕女，對一雙孫女不禁感到有點兒失望。我出生時，父親請祖父取名，沒有回音。信中這短短的一句，不管怎樣，牢牢繫連着親情，讓人滿懷珍惜。實際上，長大成人的伯伯、叔叔、姑姑，尚有賴祖父扶持。祖父提到「近來爸再為你們兄弟籌設開一間比較相當的百貨店，本月廿八日（農曆四月十五日）開始營業。惟托蒼天的庇佑，和我們宗祖的靈應，此去能一年比一年的進步。」祖父這些話，確實打動人心，世間父母，總是無私地愛護撫育兒女，而為人子女者，則甚少能察覺父母劬勞。

父親給祖父的信中，大概寄了六合彩彩票，欲藉祖父運氣勾選號碼。這個小玩意，祖父嚴肅看待，信上說：

「六合彩這種玩意兒屬賭博性質，最好不要去玩它，因勝了會心熱，敗了不甘願，最後能引起傾家破產、家庭起風波種種害處。以前你媽媽也常常進彩屋，然而結果敗了很多，時時和爸爸發生口角。所以媽媽說希望不要去染上它，還是靠我們自己勞力得來的錢比較穩。」

祖父也提醒父親為人處事必須注意的地方。「國內唯一親人只有玉枚、玉裁兩位叔叔，他們說你雖然年紀一大把，但對於社會情況不夠經驗，希望你今後多學習，怪你很少有家鄉之念。還說有寄信給你，恐怕你沒有覆他，然這次你有覆。這樣做是對的，他們兩位是我們上輩同一祖宗傳下來的。希望你今後一年內如有時間的話向他慰問兩三次，以便給他歡喜。」

祖父寫這信時六十五歲，父親適值壯年，三十九歲。父親二十歲左右隻身離家，從印尼回國，二十年後，攜全家來港。不管何時何地，不在身邊的孩子最教父母念掛。祖父祖母先後到過福州與香港。到福州的那回，還攜同父親回故鄉永春。

讀着讀着，眼前浮現這個畫面：年輕的父親緊抓着小兒子的手，在交通燈前小心翼翼等待過馬路。他日，小兒子長大成人，成家立業，父母仍然永遠放不下那份操心。祖父待父親如是，父親待我們姐妹如是……

沉浸信中，髣髴自己還是永遠長不大的女兒，父親的愛，溫馨環繞。想念父親，感念祖父母，並決心過好每一天。

祖父的三封信，都寫在薄薄的航空信紙上，全箋劃滿一條條細藍橫線，一組組紅白藍菱形稍稍傾斜錯落排列，成了四邊綑條。有四封都是短箋，只寫了半張紙，八至十行字。時間躍至九〇年三月。祖父來信告知肺病復發四個多月了。父親準備回印尼探看，故祖父囑帶冬蟲夏草，用以治病。六月信，提起病沒有轉變，「季風於五月廿三日農曆四月廿九日來三馬林達，時間只有三天，勾起了爸的無限心事」，祖父語帶感觸，觸動我的同時，也分明感受到昔日父親躍動的心。十二月，祖父說肺病仍然沒有好，到了泗水看專科，住在姑姑家，請父親寄一個有宜忌的日曆，「它的皮不必寄來，只有它的肉寄來就可以了。因今年在泗水市面上沒有」。這句話，另一副口吻，幽默，生動，並且讓我了解祖父的節儉。這封信換了信箋，仍然是薄薄的紙張，四邊都有兩道綑條，淺藍和水紅。九二年二月，祖母也到了泗水，正逢農曆新年，祖父祝我們全家平安，萬事勝意。「至於你寄的通書日曆尚未收到，這種

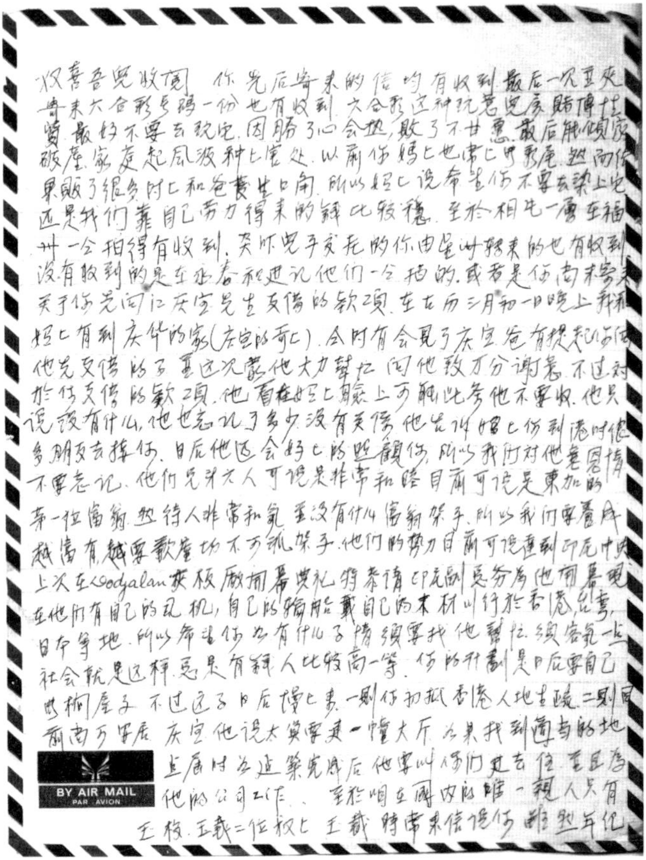
淑喜吾兒收閱 你先后寄来的信均有收到 最后一次並夾
寄来六合彩号码一份也有收到 六合彩这种玩意兒系賭博性
質 最好不要去玩它 因勝了心会热 敗了不甘愿 最后就傾家
破產 家庭起風波种々害处 以前你媽々也常々買彩票 然而結
果敗了很多时々和爸爸生口角 所以好々说希望你不要去染上它
还是我们靠自己劳力得来的錢比較穩 至於相片一層在福
州一介相片有收到 美珍兒子文彪的你由星州转来的也有收到
沒有收到的是在永春和建記他们一个拍的 或者是你尚未寄来
关于你先向仁庆宝先生支借的款項 在古历三月初一日晚上我和
好々有到庆华的家(庆宝的哥々) 今时有会見了庆宝 爸有提起你向
他先支借的了 並这次蒙他大力幫忙 向他致万分谢意 不过对
於你支借的款項 他看在好々臉上万般此系他不要收 他只
说沒有什么 他也忘记了多少 沒有关係 他先叫們々你到港时很
多朋友去接你 日后他还会好々的照顧你 所以我们对他是恩情
不要忘记 他们兄弟六人可说是非常和睦 目前可说是東加的
第一位富翁 然待人非常和氣 並沒有什么富翁架子 所以我们要学習
越富有錢要謙虛切不可耍架子 他们的势力目前可说達到印尼中央
上次在Wodgalan板廠開幕典礼特恭請印尼副总統為他剪彩 也
在他们有自己的飞机 自己的輪船載自己的木材以行於香港 日本
等地 所以希望你若有什么事情須要找他幫忙 須客氣些
社会就是这样 总是有錢人比較高一等 你的计劃是日后要自己
买幢屋子 不过这事日后慢々来 一则你初抵香港人地生疏 二则目
前尚可安居 庆宝他说大贊要建一幢大厅 若果找到適当的地
点居时若建築完成后 他要叫你们去住 並且参
他的公司工作 至於咱在國內的唯一親人只有
王枝 王裁二位叔々 王裁時常来信提你 雖然年紀

祖父寫給父親的信。一九八〇年六月。

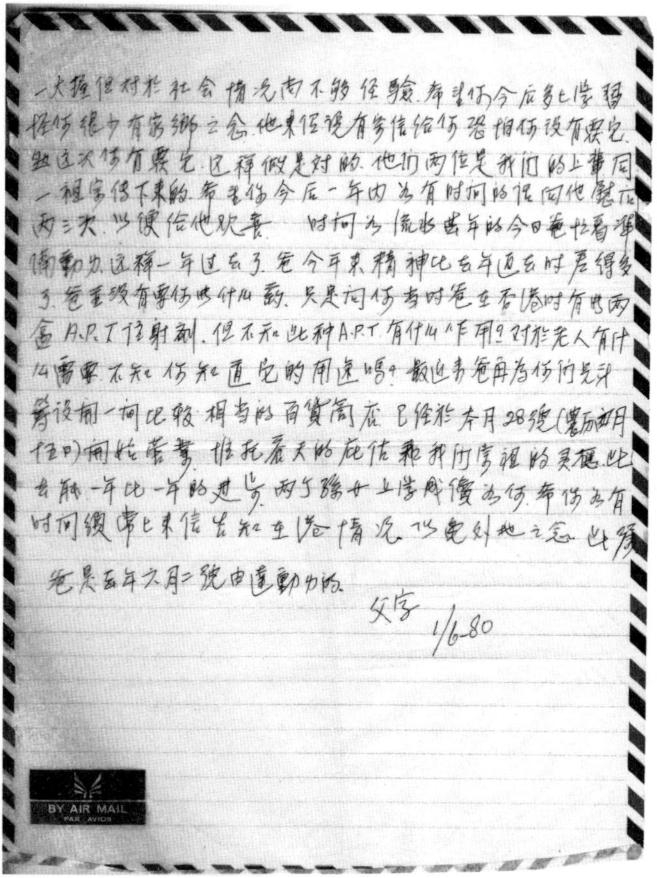
一大堆但对於社会情况尚不够经验。希望你今后多多学习
照你很少有家乡之念。他来信说有寄信给你，恐怕你没有收到。
然这次你有收到，这样做是对的。他们两位是我们的上辈同
一祖宗传下来的。希望你今后一年内如有时间的话问他总
两三次，以便给他欢喜。　时间如流水，去年的今日爸忙着准
备动身，这样一年过去了。爸今年来精神比去年过去时差得多
了。爸并没有要你些什么药，只是问你当时爸在香港时有些两
盒A.P.T注射剂，但不知此种A.P.T有什么作用？对於老人有什
么需要，不知你知道它的用途吗？最近本爸再为你们兄弟
筹设开一间比较相当的百货商店，已经於本月28号（农历五月
十五日）开始营业，依托苍天的庇佑和我们宗祖的灵德，此
去能一年比一年的进步。两个孙女上学成绩如何，希你如有
时间续常常来信告知在港情况，以免外地之念。此后
爸是去年六月二号由達動身的。
父字
1/6-80

日曆以後可以不必再寄，因在泗水已經能買到」。

祖父的信，僅有這麼幾通。祖父生病以至病逝，我一概渾然不知。父親電腦記錄打印的紙上清晰寫着：「生於一九一五年十一月一日，農曆乙卯年九月廿四日。一九九三年五月二日凌晨二時十分逝世，終年七十八歲。」一九三年，我在台灣念大學，父親沒有特意説起什麼。錯過的許許多多交談和陪伴，永遠無法挽回。二〇一八年，父親故世，母親説，和祖父一樣，都是七十八歲，父子同一生肖。從祖父信中，了解到父親友愛兄弟姐妹，能幫上忙總是盡心盡力。伯伯、叔叔和姑姑，不一定都學習中文，所以只有姑姑的一封來信。到了我們這一代，卻在茫茫人海中四處飄散……

雨，一直下着，卻一絲不察。直至走到戶外，雨粉綿綿輕輕，稍稍夾着涼意沾在臉上，踏在時間的節拍上，油然念起「清明時節雨紛紛」，似有若無感到一點點淒冷，不旋踵，聞嗅到淡淡桂花馨香，不覺自語，淡了，不像前陣子那般濃郁……這樣的時節，正好摩挲父親珍藏的家書。淡淡感傷中，仍然感到溫馨綿長的親情。人生不可推開磨難與苦痛，而不得不愛，不得不活的勇氣與憧憬，庶幾由此而來。

二〇二一年四月八日寫，十一日改定

學日語一小冊

如果經歷過的生活，每若干片段集成一小冊，有好些小冊子，各不相干，未完似完，卻儼然自動塵封了。僅有一些，說不清原因，不經意間，開啟並串連起來，寫下去，再寫下去。學日語的一冊就是這個樣子，老早斷了，似乎塵封了，不意，又抖落了簿面上的塵土，繼續說說寫寫。

起初學日語，是台大的選修課，階梯大講堂裏，大概一百名學生，從五十音開始一遍遍牙牙學語。講台上趙玉姬老師說：大聲念。放心念。不必害羞，儘管陶醉在自己的聲音裏，別人的錯音，誰都無暇他顧……

大學用的日語課本，附錄音卡帶，常常用 Walkman 播聽。這個 Walkman 老人，早已遁入太虛鴻濛。想來，也用隨身聽，用心地把卡帶錄下滿腹話語，復把信箋寫下滿心字句，然後投寄給死黨好友。那麼年輕那麼癡騃那麼悃忱一片。踏出校門，進入職門，工作，以至生活，始終與文字交集關切。換作在電郵以及琳瑯滿目的社交媒體下成長，有可能「那麼年輕那麼癡騃那麼悃忱一片」麼？

台大日語課採用趙老師編寫的課本。趙老師上課時，不禁提起先生病重，然而回想起與先生攜手留學日本的光陰，幸福美好努力發奮度過的每一天，笑容又不知不覺在臉上綻露。不管多麼緊蹙的眉心，仍珍藏着甜沁沁的芬香。

即使吉川幸次郎大名如雷貫耳，杜詩研究別開生面；即使川端康成、三島由紀夫小說教人愛不釋手，讀了一學年日語，就合上了日語這一冊。

二十五年後，一課一課重新學日語。樊浩然先生說：「謝謝你們堅持學完了五十課。以後可以用日語說任何事情……」如是嘉許着，給兩年共四個學期劃上完整句號。回想起來，方明白為什麼當時止步不前。學日語，自己脫不開機械操練，詞語、句式反覆無盡的練習，記不牢，還是記不牢，只好又重新記重新學。學習的一副模樣，長得最笨蛋最無助。想比課文爬得遠一點兒，看看日語報紙，認真的連漢字也不估摸過去，一一查明，至少花上一整天。這樣讀過的文章，深深佩服。精練、井井有序。真是增之一分則太長，減之一分則太短。希望直接閱讀日語作品，在過渡時期，實有賴於課本反反覆覆操練。

第一學期是黃照興先生教的。他說，從前來學日語的，多數是為了做生意，或者在日資公司工作，現在是喜歡旅行的居多。他教我們開兩本簿子。一本記生字，一本記文法，還提醒我們前面留幾頁作目錄，方便查核。教材的錄音語速快，對初學者有點難，他還特地說明使用哪個軟件可以慢速播聽。黃老師給我最大的教益，是作業批改，原來，日語字母亂寫一通，自己渾然不察，他按一勾一撇、一長一短的章法仔細批改。

二〇一九年九月，做書稿時（《香港文學大系一九五〇——一九六九．歌詞卷》），有李湄主唱的《桃李爭春》電影歌曲《賣餛飩》，內裏竟有一段日文歌詞，特地發電郵，博渡邊新一先生一笑。他回覆說：「我初次看到了，覺得很有意思。網上有幾種《賣餛飩》的歌，除李湄唱的《賣餛飩》外都沒有日文歌詞。日文歌詞『外は木枯らし寒い風／食べなきゃ身体も冷えちまう』，意思相關聯的漢語歌詞沒有。我很想了解，這句日文歌詞是怎樣地產生的？是不是作詞家易文寫的？」

從主編的《導言》了解到，五六十年代，已有日本的音樂人和電影導演在香港工作。這個源頭，大概始於上海孤島解放後，人才南下香港。而李湄因參演歌舞片獲禮聘到日本寶冢劇場參演歌舞劇《香港》，她為百代灌錄的《賣餛飩》唱片有日文唱段。

到了做《新詩卷》，讀到戴天的《石庭》，靈動閃爍，自然也發給渡邊先生。一七年九月，與韓應飛、霞結伴去京都，他掏出單行紙寫下幾個地名，叮嚀着一定要去龍安寺哪！哪一天重訪，給十五塊大石都念一遍詩吧。默默寂寂的石庭，可會起來蹦蹦跳跳？

二〇二一年，做《散文卷》兩冊，其中與日本有關的作品，包括畫家端木清《浮士繪》，司馬長風《日本人的生活藝術——清酒．美人．民歌舞蹈》、專擅中國藝術史的林琵琶《京都隨筆》、編輯兼書評者黃俊東《文壇傳奇人物小泉八雲》，這些五六十年代發表在香港報刊上的文章，不意，都匯入個人的日本導覽冊中。初次東京踏步，步下同時紙聲沙沙，魯迅在上野公園一片櫻海裏，卻怒其不爭哀其不幸，怒視滿清留學生盤在頭頂的大辮子，遂決意跑到仙台學醫。周作人從御茶之水向神保町書店走去。江之島（為什麼是江之島）飲酒賞紅葉的是豐子愷。蕭紅在「異國」東京，一封封信寫給蕭軍，也時刻引頸期盼回信。中國與日本之間，信箋，文稿，往復還回之途，緜遠悠長。

第二個學期起，編入了樊老師班。有新學生加入，老師請大家都說說為什麼學日語。有一個理由大大出乎意料之外。一個同學才差兩個，就走遍日本四十七個都道府縣，並且計劃短期內完成！那時候，怎想到武漢封城，繼之，世界各國都實行不同程度的出入境限制！

日本へ行きたいです（想去日本）。這個句式，真教人苦笑不得。

彷彿形勢丕變。經歷了網課、線上考試，繼續學日語。老師要我們在鍵盤上打字，不熟悉，畏難，因此頗有些抗拒，一邊問着促音怎麼打、ずづ同音，後一個怎麼按鍵盤，等等，等等，一邊慢慢摸索操作。最後，老師曉以大義似地說：想想看，比起說，打字是不是也越來越普遍使用。在香港學日語，方知道香港人的手機或電腦鍵盤，有日語輸入法的，有一定的人數。

第二學期適值二〇一九年尾，鄰桌女同學來如風去如電，她說老師不是「語文科班」出身，念的是機械，而且念到研究所，現在教遍香港各個大專日語課程，包括日本文化課程。這同學跳級闖來。疫情越趨嚴峻莫測，不久，面授課一停數月，恢復網課後，她連一面都不露，只留下「驚鴻一瞥」。

樊老師服裝用品瞧不出產地來源，可是口罩，囤了足夠五年使用的量，他說都是日本買的。語言含蘊深長之處，嚴實包裹着每個人的生活經歷以至心靈秘密。學習一個對話——甲說：我去市役所。乙說：去市役所時請順道幫我取日語課程單張。老師立即說，市役所（市政府）也為外國人開日語課。他大學逃課，可是市役所的日語課從不缺席。教課的是當地退休教授，課後，還有婦人義工熱心地煮菜做飯，親切款待。可想而知，他每年一度的日本「探親」，目前只能引領而望。

為什麼日本予人美好印象，越追索越加明白。

「南朝四百八十寺，多少樓台煙雨中」，不限於京都，在江之島，以至在上野、淺草一帶隨興走走看看，一瞬間迢遙時空回閃撲至。點一個定食，長方形大盤子裏整齊畫出幾個小方格復又搭配小碗小碟，線條顏色形狀佈置妥貼，悦目，悦心，悄悄呼喚起唐人飲食畫面的想像。似異國又不似異國，一次一次，意識到什麼，油然生出親近之情。

還遠遠不止於「古典」的嚮往。韓應飛唇邊老是不離一連串芳名，石牟禮道子、梅原猛、瀨戶內寂聽。他說，學好日語，看這些人的著作。日本長壽作者多，而且寫到老，了不起哪……。熱誠的知識人，關懷社會並且發揮影響力，更獨特寶貴的是，都留下傳世著述。確實學日語太晚！石牟禮一八年辭世、接着一九年是梅原，二一年十一月九日，瀨戶內也殞落了。瀨戶內生命的最後兩年，與橫尾忠則連續通信一百一十二通，刊登在《週刊朝日》上。瀨戶內晴美出家後取法名寂聽，好比情僧，以情悟空，一奇也；創作不輟，卓然有成，二奇也。四月九日第八十一回往復書簡，瀨戶內提及：「確踱、確踱、確踱」，清晰聽見自己生命終了的聲音響着。她說，五月，自己滿九十九歲。橫尾比自己小十四歲，也有八十五歲了，八十五歲，多麼有活力啊！

看過瀨戶內的影像，聲音細細高高，永遠像長不大的小女孩，帶着幽默，好奇，笑瞇瞇，參破真相，從從容容，平易近人。我也想這麼活。

韓應飛學日語，也有「故事」。他在內蒙古托克托縣讀初三時，聽收音機開始自學日語，後來又跟一個父執輩學了一年。日本侵華時，這位先生在張家口給日軍做過翻譯，其後，經過勞改，晚年當上一所民辦學校校長。

韓應飛北師大碩士畢業後，到了日本，又完成另一個碩士學位，之後在東京幾所大學裏做漢語兼職教師——近三十年來生活漂泊不定，欲說還休，欲說還休。不管怎樣，他驕傲而認真地生活。

豐子愷先生《我的苦學經驗》明示學日語如同和尚念經，必須喃喃操練：選定了完整一冊會話書，每天開一課新的念。每課第一天念十遍（以讀字二十二筆劃計算，寫上⿰言士），第二、三天各溫習五遍（分別寫上⿰言⿱士罒、讀），第四天念二遍，全篇終於完整寫上一個「讀」字。一直到這冊會話書上每課都寫了讀讀讀讀讀……如是這般，豐先生於六十年代譯出《源氏物語》；五九年至六五年間以日語寫信給兒子新枚，鼓勵新枚學日語；先是從書上看見豐先生畫一雙白兔並寫着日語句子的畫，後來在展覽中復看見白兔童謠的手跡：

兔子喲兔子，
你耳朵為何這麼長？
因為吃了枇杷葉，
所以耳朵這麼長。

可愛的小白兔，安安靜靜嚼着枇杷葉，「月上柳梢頭」，善解人意的，小白兔躍到河岸草地上，輕輕陪伴着等待的伊人。

循着日語真切朗朗的音聲腔調，觸探豐先生創作意境，是學日語的溫馨小故事。

最近，渡邊先生說，最喜歡的俳句之一出自加藤楸邨：

木の葉ふり
やまずいそぐな
いそぐなよ

我用翻譯軟件解讀，驢頭不對馬嘴。他復細心說明俳句的念法固然按照五七五字句，可意思上應該理解為：木の葉ふりやまず／いそぐな／いそぐなよ。

右起：豐子愷書寫日本童謠。他曾為這首童謠畫上一對白兔。

豐子愷《月上柳梢頭》。

「樹葉不止散落，別急，別急呀。」

學習語言沒有捷徑，對我而言，還是寫成童謠最適合：小白兔喲小白兔，樹葉一片片快掉光了，趕快學習吧，趕快學習。

十一月廿四日動筆，廿八日完稿

眾裏尋他
——從芒種節黛玉葬花說起

一

眾裏尋他千百度，驀然回首，那人卻在燈火闌珊處——把詞中元宵與燈火將盡略略改編敷演，恰恰是《紅樓夢》第廿七回黛玉葬花。四月廿六日，芒種節至，尚古風俗，這日要設擺各色禮物，祭餞花神。芒種一過，便是夏日，花神退位，需與之餞行。「閨中更興這件風俗，所以大觀園中之人，都早起來了；那些女孩子們，或用花柳枝編成轎馬的，或用綾錦紗羅疊成干旄旌幢的，都用彩線繫了。每一棵樹頭，每一枝花上，都繫了這些物事。滿園裏繡帶飄颻，花枝招展。更兼這些人打扮得桃羞杏讓，燕妒鶯慚，一時也道不盡。」

這日，寶釵、迎春、探春、李紈、鳳姐等並大姐兒、香菱與眾丫鬟們，都在園裏玩耍，「獨不見黛玉」。

兼且，前一天，寶玉不巧聽見黛玉悄悄低吟「每日家，情思睡昏昏」（《西廂記》），遂接口道「若共你多情小姐同鴦帳……」冒犯了黛玉，二人口角，旋即寶玉聽說父親要見，馬上走了。許久，黛玉心裏懸懸的，特意來到怡紅院看望寶玉，卻因丫鬟吵架，不肯開門，被拒門外，淒淒飽聽寶玉寶釵聲聲笑語。到了芒種這一天，一片歡聲笑語中，獨黛玉九曲迴腸，避開眾人。寶玉繞開眾姐妹，去找黛玉，唯恐妹妹氣未消，打算索性緩一兩天再說。寶玉見「鳳仙石榴等各色落花，錦重重的落了一地」，「把那花兒兜起來，登山渡水，過樹穿花，一直奔了那日和黛玉葬桃花的去處」——驀地聽見了《葬花辭》，「正是一面低吟，一面哽咽，那邊哭得自己傷心，卻不道這邊聽得早已癡倒了。」

至此，寶黛心有靈犀，形諸筆墨。

寶黛前世，有所謂神瑛侍者澆灌絳珠仙草，此世暫化為人，黛玉一心要報達澆灌之恩，還以淚眼。

寶黛知己情義，超出凡俗，起自最純粹茫昧的神話，經歷凡塵，終歸屬於「神話」太初——「質本潔來還潔去」。

心輕輕的，低低念：「願儂此日生雙翼，隨花飛到天盡頭。天盡頭！何處有香丘？未若錦囊收艷骨，一抔淨土掩風流；質本潔來還潔去，不教污淖陷渠溝。……」校曰：諸本作「願儂脅下生雙翼」，「此日」遠比「脅下」含蓄靈爍，肖似林妹妹口吻——「我的兩腋我的臉我的手」等等——林妹妹如何寫入詩。「此日」，芒種節餞別花神之日，哭吟《葬花辭》之日，義勝一籌也。

昔日的少年，半懂不懂讀《紅樓夢》，三數十年後，似乎漸漸領悟多些，回頭，不得不感謝父親的啟迪，方才有那個入迷閱讀的少年。

二

夏志清著、何欣等譯、劉紹銘校訂的《中國古典小說》二〇一六年中文大學出版社出版，進入寅年，匆匆過了春分，過了清明，芒種將至，春光融融之際，取出拜讀《紅樓夢》的一章。先是取出大學時買的《紅樓夢藝術論》（里仁出版社），夏先生的《紅樓夢裏的愛與憐憫》，不忍卒讀，復取出校訂本。劉先生指出，英文原著一九六八年出版，一九八九年中文譯稿已妥備，夏先生委婉說文字「拖沓」，一直沒讓出版。中大出版社這個本子，劉先生經半年校訂，時維二〇一六年。

讀文章，彷彿夏先生倚馬可待，神思噴發如泉湧，雄健渾厚一氣流轉，然有幸編過夏先生講稿，實相是：一遍遍傳真去，一遍遍實實在在改回來，末了，真心稱許譯者謝謝編者勞動。

感謝劉先生校訂。試看看里仁本：

雖然在範圍和主題的外表上，有可比較的相似，但《紅樓夢》和《源氏物語》同《往事回憶錄》是截然不同類屬的小說。在後兩部小說中，愛被允許從開端的迷戀到最後的滿足或厭惡盡情地自然發展，源氏、斯萬和瑪塞爾盡情地愛，並且希望在最後只發現對感情之虛空的可悲的理解。……（頁三〇五——三〇六）

復比照校訂本：

除了在規模上可互相匹敵，主題上也有幾分相似之外，《紅樓夢》與《源氏物語》和《追憶似水年華》是性質不同的小說。在這兩部外國小說中，愛情能夠充分發展，從最初的迷惑到最終的滿足或厭惡：源氏、斯萬和馬塞爾都苦愛甚久，最後是無可奈何地認識到熱情的虛幻。……（頁二〇四）

《中國古典小說》處處可見夏公穿透表相直抵核心之慧眼。承上引文，接着道：「《紅樓夢》裏的癡情男女都沒有達這種成熟境界：他們或停留在痛苦相思的少年時期，或未經過一段長時期的追求而得到對方甜蜜的愛的保證之前即發生關係。小說主角最後獲致的悲劇性的人生了解，差不多跟肉欲關係毫不相干。」（同上）寶玉與

襲人一度雲雨，對此，夏公透徹指出：「他同襲人肉體接觸絲毫未改變他把她當作一個人和一位朋友而給予她的尊重。」（同上）

書中洞見，包括開宗明義批評中國現代小說無法與《紅樓夢》相比，因為現代小說缺乏哲學家的雄心，不能探究深刻的心理現象；指出後四十回精心結撰的藝術成就；大規模使用自傳經驗的第一部中文長篇小說；真情流露，帶着懺悔的調子。《紅樓夢》豐沛的文化涵義，夏公一舉指出：

因此曹雪芹並不滿足於只講自己一生的故事：他有更強的欲望，就是要以所有現存的中國文化的理想做標準來衡量自己的故事。特別有關性愛和浪漫愛情的看法，因為這些看法是可以互相矛盾的。儒家重視夫妻之愛的家庭生活，對性的放縱和浪漫的癡情卻不容忍，因為儒家認為男人首要的責任是齊家治國。佛家與道家的哲學強調個人必須從一切迷戀——包括性愛——中解脫出來。（頁一九九）

沿此，越加思索，越有另一番啟悟——在儒釋道以外，曹公構想了神話原鄉，讓最癡最呆最相知相惜的寶黛，一出家一死亡，質本潔來還潔去，回到神話太初。可見，寶玉出家，實有別於「看破紅塵」。亦由此，不敢贊同夏公批評林黛玉。夏公說：「寶玉心胸廣闊，能自我超越；黛玉是個自我中心的神經病患者，所作所為皆可招致自我毀滅。她吸引寶玉的不僅是她那纖弱的美人胚子和詩人的氣質，還有她那不隨和、不與人苟同的性格——一種一切都想不開的自我迷戀。」（頁二〇六）批評儘管批評了，到底稱許黛玉不隨和、不與人苟同（黛玉並非徹頭徹尾不隨和，寶釵的關心，黛玉信任感激；黛玉還熱情地教香菱作詩）；尤甚者，「黛玉知道自己沒有一個有力量的辯護人能積極照顧她的利益。但她寧願獨自受苦也不願奉承長輩。」（頁二〇八）這樣孤高自許，夏公不能不深許之，終為了反對中共把黛玉捧為烈士，似乎不免模糊了視野。「在一個發展得完整的悲劇人物中我們需要看到某種高貴的品性——仁慈或慷慨，一種對自我身份的追尋，最後讓他能夠看到自己究竟是什麼樣的人。黛玉缺乏的正是這種高貴的品性，但從智力上講，她是有能力獲得這種自知能力的。」（頁二一三）至此，儼然空降一套標準來評斷黛玉。黛玉，半點不顧惜病弱之身，吐了滿盒子痰，痰裏帶血，仍不惜傷神，即使要了命也要作詩。黛玉心知自己命薄，可是沒有「自憐」，為了「還淚」，為了「報恩」，一往無悔。

「未若錦囊收艷骨，一抔淨土掩風流，質本潔來還潔去，不教污淖陷渠溝」，這是黛玉報達知己心意相通，徹底摒拒塵濁污泥；「試看春殘花漸落，便是紅顏老死時。一朝春盡紅顏老，花落人亡兩不知」，這是癡絕呆絕，不惜以死相報。

《紅樓夢》不單涵蓋儒釋道文化，並且滿紙淋漓愚騃的本初神話氣息，曹雪芹一來志不在寫「才子佳人」，二來志不在於塑造人格楷模的林妹妹。在塵世層層束縛悲苦中，曹雪芹讓林妹妹原汁原味有棱有角渾然天成地活着，她生命的凋零，引導寶玉出家，復歸神話元身。寶黛不可能是俗世中的一對紅顏知己更遑論結為夫妻，一如《咆哮山莊》的那一對，他們分屬想落天外的神話，供塵世之人遙遙想望。《紅樓夢》這一部寫盡「癡」的書，讓世俗功利之人，一下子猛省：自己的那一份癡呢！

感謝夏公如椽巨筆，啟人深思，受益無窮。

《中國古典小說》不但有劉紹銘先生校訂，開頭還有白先勇先生的《經典之作——推介夏志清教授的〈中國古典小說〉》，文字志業「薪火相傳」，多麼教人感到溫馨鼓舞。

二〇二二年四月十四日動筆，十七日早改定

讀寫手記

一

有一些書，是一輩子的好朋友，始終那麼親近，然而，也一直讓自己似懂非懂；可是，即使包含無可言説的神秘，仍然喜歡珍惜——《卡拉馬助夫兄弟們》就是這樣一部珍稀著作。年輕焦渴的心眼，睃趁紙頁間，閱讀思索尋覓，黽勉虔誠，可惜讀後沒有留下片言隻語。老書友竟然認出了老讀友，輕柔細語道，不要緊，不要緊哪。泛黃的紙頁米粒大小的字句，老書友莞爾，三付眼鏡啊！（一付專門看書，一付看中近距離，一付全視線……）

老書友，且聽我説説。伊凡，腦袋發熱的伊凡，説什麼「世界上到現在為止，如果有愛，並且有過愛，不是由於自然法則，而是因為人們相信自己的不死。人們對自己不死的信仰一經消滅，則不僅愛情，即使是使世界生命繼續下去的一切活力也都行將枯竭」，依然讓人覺得硬邦邦，依舊啃不進去。不意，瞧見伊凡頭顱裏密密匝匝的網路，竟然是鐵線搭成的。伊凡似乎説了一兩萬字吧，巨細靡遺搜羅從古至今的例證，說明他無法相信有上帝。逃過幾行，接着幾乎跳過幾頁，可溫柔善良的阿萊莎，由始至終專注聆聽。阿萊莎是修道院的學生，幾乎要走上終生伺奉上帝的路，他打開心胸，以博大柔軟的愛——傾聽。

難怪伊凡對阿萊莎說：「我有多少年同全世界沉默着，不屑開口說話，忽然說出了一大堆嘮叨的話。」伊凡的這個人生片斷，無疑擁有最圓滿的傾聽對象。

阿萊莎是地上的安琪兒，心無芥蒂地聆聽，給自我啃嚙帶刺流血的心包紮傷口。麗薩有腿疾，需坐輪椅，她與阿萊莎青梅竹馬，阿萊莎入了修道院，愛，眼見注定被奪走了似的，麗薩於是狠狠求索。麗薩每句話都如利刃傷人，直取咽喉。麗薩忍不住對阿萊莎說想做他的妻子，話一出口卻想馬上收回，她對他說，想犯一場大罪，想燃燒一把大火燒光房子，意識深處，麗薩冀求阿萊莎完完全全一無保留的愛與理解，包括想犯罪的念頭，她說：「我對您說的一切話，難道我會對世上任何人說嗎？」世上幸有阿萊莎，他明白人性中的惡是難免的事，而愛情，溫厚柔軟的一股力量，不知不覺間，會得到善的呼應。

阿萊莎思索着怎麼不傷自尊，讓一貧如洗的上慰接受金錢幫助，麗薩回應道，對待病痛或受苦之人，要像對待小孩子般細心體貼。有這樣一對人兒，以溫柔心，聯袂同行。

二

重訪老書友，始於農曆新年後。

世事紛擾，新冠病毒肆虐，三月八日日記：

二一年十二月起大概一周一回去銅鑼灣針灸，很少中斷。農曆新年以後，疫情遽轉，感染人數一直倍升，三千、五千，二萬、五萬，廿八日治療完，並預約了三月七日，後來決定取消，因為心裏實在害怕了。

母親預約的第一針疫苗是三月十八日，這些日子風聲鶴唳，也特別教人擔心。三月一日，母親說，是不是感染了？感冒，多痰。我也緊張起來。在網上查找資料，決定帶母親去私家診所打科興疫苗。約好了三月三日。母親說，身體有點不舒服，打嗎。我毫不猶豫地說還是及早打。告訴妹妹，她說復必泰才有效，不是已預約好了嗎。後來，查到威爾斯大概能打，再約母親三日早上十點在醫院等。

……

母親打完針後，說各自回去好了。我意識到她打了針，回家後想馬上卧牀休息，何況傭人陪伴着，就不一起回家了。實際上，我也感冒似的，也想早早回去休息。

覺得感冒，是二月廿八日針灸後三月一日大早起來時。針灸時，肩膀肌肉難得很放鬆，之前像是冷凍經年似的，十分僵硬。下針，痛的感覺也強烈。可是，三月一日起牀，很不舒服，沒有收到預期的療效。二日，做了快速抗原檢測，三日才放心陪母親到醫院。

五日，星期六早，發燒了。心冷抽了一下……。馬上吃退燒藥。再做檢測，也沒事。

六日，決定做核酸檢測，以便得到確鑿結果。這天退燒了，還是全身不舒服。本來想星期一去拿深喉瓶，翌日交回，等待結果；後來，網上預約到牛頭角體育館十二點半的核酸檢測。

感染人數驟增，現在檢測都要五天或者更久才有結果，可是，七日下午四點五十分，收到短訊通知——陰性。馬上打電話給母親，她聽說後放心不少，即時問，那什麼時候回家。母親的牽掛啊！

今天買了鴨梨，明天帶回家，讓母親燉川貝鴨梨湯。

農曆年後，先後得悉四個親友的家庭有成員感染，以至全家感染的。三月九日，好友發來消息，告知剛才檢測，陽性。

好友是中學同學，一直以來，總是教人憐惜。

魅影幢幢，可是，新冠新冠，在哪裏呢，只聞其聲，不見其人。

自得到核酸檢測陰性結果後，心裏鬆一口氣，而且精神不錯。

可是十二日晚，開始輕輕咳嗽。十四日發高燒了，睡了一整天，可渾然沒意識到可能感染了。十五日晚，喉嚨痛如刀削，幾乎整晚沒睡，翌日早快測，檢測棒兩槓條硬生生顯示，新冠來報到了。

打電話告知母親，她擔心不已。擱下電話，做網上申報確診時，母親又打來，「可不要申報我們啊！不要連累我們去方艙。」母親的憂慮，活生生，讓人哭笑不得。而老同學呢，確診了也決不告訴母親，她說，母親悖於常理，知道她感染的話，不知道會說些什麼話。

十六至十七日半夜一點、三點、五點都醒來，喝水，噴西瓜霜，喉嚨還是赤痛，但比起十五日有所緩解。十七日早六點多已醒，東京的朋友微信上寫道，在地震搖晃中醒來。震源又是福島。可憐可愛的地方。

從十四日起，連續四五天服的都是大正藥廠的感冒藥粉，藥已過期，那是在東京的藥妝店裏買的。一停藥，就發燒，試改服撲熱息痛，馬上心跳加速，無法承受似的，仍舊回頭吃藥粉。陽性期間，咳嗽不厲害，每晚九點多至十一點，身心都特別平靜，就繼續安心地重讀老書。

三月十八日日記：

今早衛生署工作人員打來電話，問住在哪一座樓，才察覺申報時沒填座數。門鈴響，開了木門，鐵閘前，出現穿着整套防護裝備的工作人員。鼻腔拭子樣本收集包，已夾在大門閘上，他囑咐做完後電話通知，讓他來收。這是申報快速測試後的抽樣檢查。

網上申報，連我輩都手忙腳亂，何況不諳電腦的老人家。發短訊給同學，說，不管怎樣，感謝這些工作人員。同學說，沒申報，害怕方艙。

三月廿日，廣州的表姐本來發微信來閒話家常的，得悉我確診了，寫道：

你們沒打疫苗嗎？我們都打了三針。以後還要注意身體狀況，及時檢查！藥物和食物足夠就好！二姨媽沒事吧？我們這邊都強制免費打疫苗，然後管控嚴格。保重，過後千萬要調理好胃！

大概和表姐說過，在家隔離，確診後第六、七天連續兩天陰性的話，就算是康復，可以外出了。廿二日，表姐問候情況，我說還是陽性。她又寫道：

我們市那例感染就是去廣州拿貨，在服裝市場與另一病例面對面聊了幾句，主要是沒戴口罩！我們這邊九號發現一名陽性，封了三個小區。萬幸的是她兩歲女兒和丈夫都沒事，經過全市全員多輪核酸檢測全是陰性，今晚七點終於解封。

廿二日，轉陰希望落空，情急之下，還真吃了連花清瘟膠囊兩顆。吞服時，感到一股清勁的穿透力，從鼻腔直灌喉嚨。廿三日，轉陰了。家居隔離告一段落。回想起來，消防處職員的電話是廿一日接到的，問要不要轉到社區隔離中心，回答說沒需要後，他祝福早日康復。在家隔離，有一個自在自適的空間，心情從容一點，不必在生病之際還得擔驚受怕。

感染後，很仔細回想一個個感染的可疑途徑。外出時，幾乎沒脱口罩，不上餐廳，幾乎不使用洗手間……莫非，是核酸檢測中心？那裏，六七個方形檢測棚連成一排，每個棚子都顯眼地貼着數字編號。排隊時，一名男士檢測完畢，剛剛起身站在棚子門口，忍不住打了個噴嚏，當然還沒來得及戴上口罩，工作人員立即噴灑酒精消毒。可是，再怎麼想，都無法確定感染源頭。

三

病後，咳嗽、頭暈、疲勞、呼吸不順，反而比發病時明顯。去看老中醫，每回他把了脈，就用消毒液搓手，一次杯子打開了，馬上蓋好。疾病，誰不害怕？感謝這個老中醫，既慌張靦腆，又仔細問診，對症下藥。黃大德先生也給我出主意，你不是有場效應嗎？每天熱敷胸背吧。是啊，忘了場效應，黃先生特地從廣州帶給我的，起初用了好一陣子，不久就束之高閣。說起對疫苗作用的懷疑，黃先生直斥——清醒些。

怎可能不懷疑？方說中了新冠，等於打了第三支疫苗，不必再打。一下子似乎說康復一百八十日後，必須打第三支。相關措施，有明確的說明嗎？急就章使用的疫苗，憑什麼相信？我自然是妥協的一員，要不然，怎麼上電影院，怎麼入濕地公園？

病後，確實有點多愁善感。看《城市文藝》懷念古兆申先生特輯，教我憶想起那溫文爾雅的身影，以及匆匆三面之緣。四月初的一天，找出古先生文章《〈小城之春〉：在電影與舞台之間》（二〇一五年七月號《明月》），一併發微信給創作劇本的李靜，並且說道：愛玲女士、古先生是香港的風流人物，「質本潔來還潔去」。順此，又想起同年，李六乙話劇團來港演出《小城之春》，康文署特地主辦講座，邀請鄭培凱主持，李六乙、費明儀、黃愛玲和古兆申座談。再繼續找，連錄音都完好保留着，愛玲女士古先生還特地說普通話的。

靜知悉我確診康復了，馬上視訊通話。說了一會，想不到，靜涕泗滂沱，我慌忙問：「怎麼了？」她說：「就是想——怎麼我的好朋友也病了？」靜眉宇之間有俠氣，心腔之間有義氣。靜沒打疫苗，說這是「上帝的意思」，因為甲亢，醫生寫了豁免書給她。我們不約而同說，豁免書得來不易。

香港疫情漸漸緩解下來時，上海緊張起來了。

四月廿五日，問候上海朋友，他說：「奧密克戎不可怕，可怕的是折騰。上海這回徹底亂套亂來了。我三二八以來一直被足不出戶，還得半個月吧。生活物資上目前還行，情緒需要不斷調整，放心！期待疫亂早日消散。大家都保重！」五月十二日，最新情況是：「目前還在封控樓，下樓還得三四天後，出小區還得十來天後。吃的還好，不缺。」我只能說——忍辱負重。保重。

一淚成讖。

上海實施封鎖以來，多少視頻或文章，教人淚流不止。

一雙七十五歲同齡老夫妻，自二十五歲結為夫妻，相敬如賓，鶼鰈情深。四月十五日，上海浦西地區封城隔離的第十五天，老先生胸悶疼痛，居所近在咫尺的女兒因小區封鎖，沒法踏出家門一步。救護車到來時，說要微信支付才許上車，幸好女兒辦了遠程手續。兩點鐘，上了救護車，五分鐘就抵達華山醫院，可是，因為疫情防控停診了。如是，一連去了三四家，竟都如此。最後，女兒想起在浦東的一所醫院裏有認識的醫生，司機冒險跨區駕駛，抵達時，已是五點。送上手術台，已無法可施。醫生說，老先生肋骨斷裂，四十分鐘內搶救的話有效，現在——。女兒通過物業—居委會—街道的層層報批，出得家門，來到醫院，已是晚上九點。「如果華山醫院開着，如果華山醫院開着……」老太太心痛如絞失聲喊叫。

有一家五口全部感染的，在家隔離並且轉陰後，終因小區居民惡意攻擊，更兼網暴，被押進方艙。轉運的一刻，小區有居民喜欣欣地拍照。「或許奧米克戎對一家人來說都不足為懼，而認知的偏差，因害怕而做出悖理的行為，更加可怕。」入住方艙，對七十歲的老父母，三歲半的小女兒，每分每秒都不容易過吧。

讀這些文章，欲哭無淚。除了惡，摧毀的強力也在張牙舞爪，而善的力量，究竟何在！

老書友最後寫到少年伊留莎的死，一群少年好友以淚水送別，阿萊莎對少年說：「不要懼怕人生，當你做了極好的正當行為的時候，人生是如何地美好！」老書友，你的不期而至，是為了輕輕為我們拭淚，慈藹地告訴我們這番話兒吧？

二〇二二年五月十一、十二日

惜別

一

每一本書看完之際，最後又是怎樣被合上的呢？《惜別》這一本，不禁輕輕說道：「有這部小說太好了。謝謝作者。」太宰治大名如雷貫耳，頹廢、多情、離經叛道、多番自殺不遂終於投水迎向死神，並不容易理解，而《惜別》寫魯迅仙台學醫的經歷，多麼親切。昔日到訪過的宮城縣仙台市和松島，福井縣蘆原市，看過的文獻展品，拍下的每張照片，瞬間，重新煥發生機似的。兼且，《惜別》，「書中有書」，十分別致。《惜別》這一面鏡子，同時與多面鏡子重重映照——魯迅《吶喊．自序》（一九二二）、《藤野先生》（一九二六，收於《朝花夕拾》）、《摩羅詩力說》（一九〇七，收於《墳》），以及藤野嚴九郎《謹憶周樹人先生》（一九三七。通譯《謹憶周樹人君》。原題「謹んで周樹人様を憶ふ」，似宜作「先生」）——通過這樣的閱讀觀照，似可得到更加清晰生動的鏡像。

書名——惜別二字題於藤野先生的照片背面，下面署名「藤野」，另一行寫着「謹呈周君」。魯迅決意從仙台醫學專門學校退學後，不得不告訴藤野先生，為師的「臉色彷彿有些悲哀，似乎想說話，但竟沒有說。」「將走的前幾天，他叫我到他家裏去，交給我一張照片，後面寫着兩個字道：『惜別』，還說希望將我的也送他。」（《藤野先生》）魯迅決意棄醫從文，「惜別」小照，是個顯著標誌，其後，從仙台攜回的照片，一直掛在「北京寓居的東牆上，書桌對面」（同上），寫作生涯中長相伴隨，鞭策激勵。

《惜別》一書教人愛不釋手，主人公周君，滿身靈光閃爍青春洋溢。太宰治說，此書是在老醫師手記上「加上幾句，以供讀者參考」，益增似真似幻色彩。在優美寧靜的松島，同樣逃課的醫專新生兼小說敘事者與周君邂逅，四十多年後，這名老醫師殷切記述昔日師友。老醫師之名「田中卓」一直到書的一半地方，方才披露。田中與周君過從甚密，招致同學取笑是中國人，姓田名中卓。

原打算獨遊的周君，很是高興與田中君不期而遇。周君說，田中君長得像自己的弟弟，也許這般，他暢開心懷傾訴，興奮時並且連連夾帶德語，那也是為了補救日語說得不夠好之故。周君說，松島安靜得不像人間，決不是中國人可以領會的安靜與美，靜得有點讓人不安，以至於竟哼起歌來。田中，就這麼趨近略帶傻氣的周君。田中説自己是孤鳥；周君馬上説自己似候鳥——沒有故鄉。年輕的心交相疊映，使得眼中的美好倍增，於是留宿徘徊，同賞松島月色。長夜交談，周君憶述父親的病被中醫所迷誤，十六歲時，父親臨終之際，他竟依鄰居大嬸所言，大聲喊叫父親，希圖阻攔靈魂脱離身軀逸去。日本明治維新，得力於吸收歐美科技，而醫學可視為科學之始，周君，於是從迷信走向學醫。陸師學堂附設礦路學堂卒業後，一九〇二年作為清國留學生來到日本。為脱離滿坑滿谷麻木不知振作的清國留學生，一九〇四年，寧可捨金澤、千葉，挑了離東京最遠的仙台醫專入讀。正是因為周君這股奮發激昂，田中於是認真學習起來，最後成為醫師，繼承家業。

松島回來以後，二人不約而同去松島劇場看《先代荻》一劇，田中為一幕情節觸動，跑出劇場外痛哭，不意周君瞧見，特意出來安慰。周君與田中的友誼，沐着一輪皎潔光明的月華。

純真出世的青春友誼背後，時局險仄阽危，微妙隱伏其間。中國自甲午戰爭戰敗後，日本人多有瞧不起中國者。一九〇四年二月至一九〇五年九月，日俄帝國大戰，為爭奪中國滿洲地區和朝鮮半島的勢力範圍，其間，日本需要清政府迎合認同，對於與清國對立、東京留學生中革命中堅力量的興起，巧妙採取「一面戰爭，一面外交」之策，周君是仙台唯一一名中國留學生，松島獨自出遊，也招致做俄國間諜的嫌疑，熱心與周君交往的津島，實抱着「一面熱情，一面監察」的目的。日軍捷報傳來，仙台市民，甚至周君，都擁入一片狂歡慶祝的人潮中。《惜別》描述周君稱許日本兵忠孝一體的昂揚精神，並相信日本與俄國交戰是為了保持中國國體獨立；同時，《惜別》一針見血指出：日本戰局不利的話，連朋友間的信任都岌岌可危。

在錯縱複雜風聲鶴唳的背景下，藤野先生心無芥蒂，熱心仔細批改周君筆記，並非輕而易舉，誠如《惜別》所言，藤野先生出乎「鄰人之愛」，本之「東方之道」，視東方為一大家族。然而這番厚意，不足以抵擋學生會幹事告發藤野先生暗中泄露試題內容給周君。流言最終消滅。三十多年後，藤野先生仍然提筆寫道「在我的記憶中周君不是成績非常優秀的學生」，是有心還是無意，有沒有弦外之音——泄漏考題的話，不是該取得更好的成績嗎？告發事件，予以周君多大打擊呢？沒有這個打擊的話，後來的幻燈片（魯迅文中「電影」）事件可會促成棄醫從文嗎？

《吶喊．自序》表明：

> 總之那時是用了電影，來顯示微生物的形狀的，因此有時講義的一段落已完，而時間還沒有到，教師便映些風景或時事的畫片給學生看，以用去這多餘的光陰。

> 其時正當日俄戰爭的時候，關於戰事的畫片自然也就比較的多了，我在這一個講堂中，便須常常隨喜我那同學們的拍手和喝采。有一回，我竟在畫片上忽然會見我久違的許多中國人了，一個綁在中間，許多站在左右，一樣是強壯的體格，而顯出麻木的神情。據解說，則綁着的是替俄國做了軍事上的偵探，正要被日軍砍下頭顱來示眾，而圍着的便是來賞鑑這示眾的盛舉的人們。
>
> 這一學年沒有完畢，我已經到了東京了，因為從那一回以後，我便覺得醫學並非一件緊要事，凡是愚弱的國民，即使體格如何健全，如何茁壯，也只能做毫無意義的示眾的材料和看客，病死多少是不必以為不幸的。所以我們的第一要着，是在改變他們的精神，而善於改變精神的是，我那時以為當然要推文藝，於是想提倡文藝運動了。

縱有魯迅斬釘截鐵的敍述，而《惜別》指明，魯迅棄醫從文歸之於幻燈片事件是「戲劇化的整理」。周君一九〇五年夏天在東京度過，充份領略東京熱愛文學的熱騰騰氣氛；同時也陷入「別說中國的現狀，連自己是什麼樣的人都不知道」的困境中，他受到「崇拜日本，背叛自己的民族」的指責。從東京回到仙台後，周君疏遠了田中，直到一個雪夜，心靈的矛盾痛苦迸發，他不得不去教堂，卻領會不到救贖，才不顧一切回頭找田中，披肝瀝膽傾訴。這時候的周君早已第一回明白説道，一國的維新是教育，是喚醒人心。這呼應了後來藤野先生的回想：學醫不是他內心真正的目標。兼且，在東北大學校史館中展示的一組幻燈片，饒富意義的説明：仙台醫專使用的幻燈片玻璃板。有日俄戰爭場面的描述，沒有魯迅所描述的「行刑」場面。

《惜別》還特別渲染雪夜之後的一天，周君文學靈光點燃，興奮地在田中前宣説——文學就是一個國家的鏡子，一個國家認真努力的時候，就會有好的文學。周君説着復激動下筆，揮灑述説何謂文學。田中珍藏周君這張筆墨，丟失片紙後仍然可以略略記誦內容。小説引用的片段出自《摩羅詩力説》，不管是小説，還是長江大河一氣滔滔的文字，都包含熱情澎湃的文學熱愛。

二

二〇一八年十月從東京抵達仙台後，三人背着行李直奔東北大學。首先瞧見蒼蒼松樹下的魯迅像，再進入不遠處的史料館。館裏的魯迅紀念展示室開設於二〇一一年，魯迅入學、退學的公文證明，一九〇四，一九〇六，一步步取得文學通行證；藤野先生批改的解剖學筆記，果然從文字到繪圖都一絲不苟；醫學科一年級學年成績表列出四十二名學生名字，第三十九個是周樹人，可是，沒有田中、津島這些名字，似乎在笑問：還相信太宰治嗎？「為什麼不相信？文學是現實的鏡像，有真誠的友誼，方有動人的創作。」有一把聲音，輕輕而堅定地回答。出了史料館，繼續前往魯迅的階梯教室。大門緊鎖，拒人千里。幸好，渡邊先生鎮定地打電話，解說了一會兒，等了二十分鐘，管理人員笑盈盈來到開啟大門。冠以魯迅大名的教室原為仙台醫專六號教室，一九〇四年建成，彷佛專為等着魯迅到來，當時設有幻燈片放映設備，十分先進。教室外觀像鄉村小屋，進入其中，沒入另一時空似的，每張桌椅，都有歷史的銘記，任何一個位置坐下，都聯想起，魯迅坐過的，桌子上，他怎樣攤開本子，認真筆記，講台上藤野先生怎麼樣觀察到他的吃力？我沿階梯一級級走上去，又走下來，似乎捕捉到昔日的腳步聲似的。同行三人，在訪客紀念本子上整整齊齊寫上自己名字，彷佛魯迅先生、藤野先生瞧見兩個中國人一個日本人的名字，頷首微笑。出得教室大門，仍然徘徊流連，即使意識到，階梯教室一九三四年才搬到現址，也確確實實從這裏洄溯了歷史時空。

仙台，距離福島核電站不遠，「三一一」大地震海嘯災難中，不能倖免，也有傷亡。在熱切追尋魯迅腳印之餘，仙台一片撼不動的憩靜絞擰着窒息四面八方惘然交織網羅。二〇二二年三月十六日晚日本時間十一時卅四分，日本東北地區觀測到七點三級強震，震央在福島縣外海。福島縣、宮城縣觀測到最大震度六級強。復憶

魯迅的階梯教室。

藤野嚴九郎紀念館。

起仙台的悄寂，油然思索：天災無法阻擋，而人為的災難，怎樣拿出智慧勇氣加以避免——

二〇一九年十一月，三人復專誠拜訪藤野嚴九郎紀念館。行程是東京—金澤—福井，在福井站換乘越前鐵道三國蘆原線，目的地為蘆原溫泉站。越前線小火車，穿越兩邊金黃的田野，不時看見柿子樹上耀眼橘紅的果實，是罕有的美好旅程。

一九一五年，藤野辭去仙台醫專教職，回到故鄉開診所。在紀念館這座建築中，藤野先生生命最後十二年間（一九三三—一九四五）與家人居住其間，二〇一一年，整座從三國町遷移到蘆原市溫泉湯町廣場。鋪着榻榻米的日式房間，展品老舊樸質，病歷櫃子，醫生白袍，看診用具，鞋子，燒水壺，酒瓶等，不大的空間裏，書法掛幅顯得很多。壁龕上縣着孝經墨寶，特別說明：藤野先生少時從父兄處學習孝經，做父親後，也讓自己的兒子每天坐在龕前朗讀孝經，可見他重視漢學。藤野先生的長子恒彌，於一九四五年病死於戰中。八月十一日，藤野先生從診療所回去土田園右衛門家途中，在河邊橋附近昏倒，搬送到土田家永眠。二〇二二年，中日建交五十年，能不憶起逝者東方一家的美好願望？

紀念館遷至蘆原市，自然是為了促進觀光，而新冠疫情以來，不至於一蹶不振吧？他日，再度進入溫泉酒店安靜美好的日式房間中，重溫一遍繪聲繪色的《惜別》，不厭其煩致謝：沒有這部小説，周君微妙心理，藤野先生厚樸心懷，還真是一知半解哪。還不止，周君批評美國科技，多麼擲地有聲：「在東京時常看（電影），不過電影讓我不安。將科學應用在娛樂上是危險的傾向。總之，美國人對科學的態度不健康，是歪門邪道。」或許，靜靜讀魯迅的回憶文字，一邊輕輕問，周先生的日語口音這樣子嗎，一邊試念起《藤野先生》裏的日語漢字：講義（講授）—こうぎ（kougi）、試驗（考試）—しけん（shiken）：「將走的前幾天，他叫我到他家裏去，交給我一張照片，後面寫着兩個字道：『惜別』」——惜別—せきべつ（sekibetsu）。

二〇二三年六月十六日動筆，廿五日畢

東京音樂盒

二〇二二年歲暮，置身東京——這裏，殷殷仰望貝多芬，切切傾聽貝多芬。一時間，這樣的錯覺從頭到腳緊緊交織包裹，走遍地球各個角落，獨獨東京，最接近貝多芬。聖誕節這一天，葛飾區區立中央圖書館在會議室裏舉辦貝多芬音樂會。第一部分選播《科里奧蘭》、《艾格蒙特》與《里奧諾雷》三首序曲。精進不屈的精神，呼之欲出，流瀉滿溢。歌德筆下的艾格蒙特是十六世紀荷蘭人的英雄，他決心解救遭受西班牙政權壓制的民眾。艾格蒙特被捕下獄，戀人也自殺了，可她精誠一片，化為女神，為艾格蒙特加冕勝利桂冠。壓軸的，不消説是第九交響曲，在第四章《歡樂頌》滚滚滔滔的合唱聲中，愛與希望激昂澎湃撞擊心胸。席勒詩與貝多芬交響曲激盪光明與奮發的心靈。

廿八日晚，東京城市愛樂管弦樂團的「第九特別演奏會·二〇二二」在東京文化會館舉行。首先是合唱團成員戴着口罩魚貫列陣，接着是演奏團各就各位，最後，在萬眾矚目中，已臻傘壽（八十）白髮披頭的指揮家飯守泰次郎在台上亮相。指揮家貌似弱不禁風，演奏途中也須坐着，但指揮棒完好含蓄着貝多芬音樂的滂薄浩氣。第三樂章演奏畢，進入第四章前，二男二女歌唱家風度翩翩站立在舞台前中央位置。台上台下屏息以待，驀地，暴風雨般的旋律炸裂，倏忽靜止後，《歡樂頌》旋律輕輕奏起。不意，暴風雨再度掀翻，次第展開領唱，男聲合唱，女聲合唱，最後匯合成全體雄壯的合唱圓滿收結。內心情感高漲，在說不清的感受中，竟然惋惜道：啊！合唱團員嚴密的口罩沒有脱下——這一「疫」，牽連多少可歌可泣的事——這個團，自二〇一九年起舉辦「第九」演奏會，翌年，因疫情停辦。二〇二三年，期盼合唱團張口高唱《歡樂頌》！

自二〇〇三年起，東京文化會館每逢除夕從午後一時起開始舉行「貝多芬，了不起！全交響曲連續演奏會」（順序演奏貝多芬的九個交響曲），在「貝九」旋律中邁進新的一年（實際上二〇一〇年起在除夕日就完成全部演奏）。小林研一郎二〇〇七至〇九年，以及二〇一一至二〇二二年不間斷地擔任演奏會指揮。小林最後一次全交響指揮，當年十一月，演奏會的票已告售罄。韓應飛說，小林東京藝術大學作曲專業畢業後，回頭重新學指揮。小林平心而論，自己再怎麼作曲，都比不上貝多芬。他指揮貝多芬音樂，一共五百次。

問：為什麼東京燃燒着貝多芬精神？

答：貝多芬了不起！確實，天籟無力拒斥巨聾。天籟最是青睞生命不息奮鬥不已，高崇清明的靈魂氣魄！

東京可愛可貴——東京會聚了許許多多真誠熱愛貝多芬的音樂家。位於上野公園的東京文化會館，為東京建都五百年而建設，一九六一年四月落成啟用。在多少遍多少遍走過上野公園以後，韓應飛在這裏與音樂親近起來，他天生熱情洋溢，不滿足於獨樂樂，復熱切感染着學生、友人。

花房英里子是第十九屆東京音樂比賽聲樂組亞軍獲獎者，並且得到聽眾獎，其中有韓應飛的一票。十二月廿一日的這場演唱會，三人同聽，那也是岡本這個小伙子首次聽女中音。

花房的致辭，首先感謝東京文化會館以及相關工作人員在新冠疫情發生之際，不辭勞苦籌備音樂比賽。她親切表示，作為女中音，從高音到低音，演唱不同時代和歌劇家所描寫的男女老幼、或剛或柔的不同角色。她以意大利語、德語、法語與俄語等，詮釋貴族、村姑、士兵等不同的角色。

至此，方知柴可夫斯基為歌劇《聖女貞德》譜過曲。蕭伯納有劇作《聖女貞德》，表現語言的機鋒為作品主要特色。法國農村一名小姑娘，竟帶兵收復被英格蘭佔領的法國失地。自古英雄易遭忌，被誣衊為異端和女巫，貞德被判處火刑。死後將近百年，教廷終於封貞德為「聖女」。「生為下賤，心比天高」，一往無前的生命力，彷彿是藝術創作源源不絕的鞭策力。

女中音偏偏姓「花房」，她圓潤顫滾的嗓音，翻過一層層高峰似的，引領人們攀至高峰，張望峭拔高崖上，熱烈綻放的雪蓮。

差一點就錯過一月九日的第二十屆東京音樂比賽獲獎者音樂會。銅管樂器、聲樂與鋼琴三組的優勝者演奏。比賽與音樂會都得力於東京都的贊助，價廉物美，而且打了三支疫苗的，獲得減少五百五十日圓的優惠。

中島英壽演奏了參賽曲挪威音樂家葛利格A小調鋼琴協奏曲。場刊裏有中島的由衷之言：小時候關了燈，在徹底的凝暗中，聽這一曲，既誠惶誠恐又快樂無比。這一曲，我也試試閉眼傾聽。此曲如泣如訴，高低起伏，變化曲折。從少年長成青年的鋼琴家實現了公開演奏此曲的夢想，高興不已；再度登台一邊演奏一邊細細咀嚼曲意，更加是無法承受的喜悅。演奏完畢，與主持人對談，中島汗滴如雨，結結巴巴說不出完整的話，一臉靦腆的神情，不勝餘音裊裊。他好不容易說出あせ（汗），教人莞爾，並且忽然聯想到在黑白鍵盤上高低起伏有致的手指之間，跳躍着無數晶亮渾圓的汗珠。

一月十日回到香港後，翻看東之高閣的《音樂大師》中的葛利格專輯。A小調鋼琴協奏曲是葛利格成婚之年的創作，難怪包含着説不出的甜美溫柔。一八六三年葛利格遊丹麥，與安徒生有一面之緣！那不等於説「見過最疼愛我的爺爺」一般親切嗎？中島英壽盼望聽眾在鋼琴音符中腦海裏浮現出挪威雄大的大自然景色，他可知道，那正正契合安徒生筆觸所到的許許多山風海雨。易卜生邀請葛利格為自己的作品《皮爾金》譜曲，雙方都不滿意這個合作，但演出十分成功，而且演出海報出自孟克！孟克，就是那個以《吶喊》為人熟知的畫家。孟克還有板畫，表現出聽鋼琴協奏曲第一章的感受。

冥冥中，説不清的因緣，美好，神秘，優傷……，教人接觸到什麼，探索再探索，美好的故事於焉誕生。始終有美好故事。因此，無數過錯、悔恨，似乎可以平心靜氣放下。

再訪東京的話，想看歌舞伎、能劇……。還想睜大眼睛，追看上野公園連着天空與大地的樹叢裏成群的亞歷山大鸚鵡和烏鴉，輕輕問：鳥兒啊鳥兒，你們的上上代以至上幾代先人，可曾看過李叔同先生或者他的學生叫豐子愷的，打音樂學校奏樂堂走過？

從東京歸來，東京文化會館，在回想中不知不覺變成童話般的音樂盒。像癡小孩一樣，巴望着做完作業，馬上打開珍貴的音樂盒。回顧生活所在地香港，心底有一份暖意，暗暗期盼着也有這樣一個音樂盒：斯土斯民，有出色的南音、古琴、崑曲等演出，這些珍稀的種子暗藏深土層，請茁壯發芽吧。

二〇二三年一月十八—廿日。廿三日改定

附記：消息傳來，飯守泰次郎二〇二三年八月十五日去世。

光之圖書館

明晃晃的玻璃盒子，似一扇光之門。穿門而入，似高速火箭凌空翻飛後戛然煞停，走進了磚造敦厚的建築大樓中，木頭樓梯扶手散發溫潤的光澤，似慈藹的老祖父老祖母，歡迎每個回家的兒孫。這裏，就是位於東京上野的國立國會圖書館國際兒童圖書館。

來圖書館不一定要看書，老祖母這麼縱慣着兒孫。一樓，有個開放給大眾的休憩室。我坐在圓木桌前，一邊寫日記，一邊隨意觀察。有一張桌子，一個中年男性從背包裏取出麵包與保溫瓶，瓶口冒着煙。一個拉着行李箱前來的人，在這裏從容自在地等待出發時間。不久，穿着校服的三個女生聯袂而來，吃過飯團，她們開始做作業，時而熱情地討論交談。日語學習了三年，還是聽不懂談話內容，可真心歡喜她們獨特的笑語聲，復不着邊際想像，她們可喜歡安徒生、宮澤賢治或埃爾文·布魯克斯·懷特？她們將來做母親嗎？這裏，也可讓母親放心地給孩子哺乳。一家明亮的自助餐飲店也在這一層，提供簡單的飲食。有些人單點一杯咖啡，主要是為了看書；有些大概是為了歇歇腳，甜滋滋地吃冰淇淋。落地玻璃窗連綴成弧形伸展開去，似張開雙翼與陽光樹影做遊戲。光波映照下，是一小片露天茶座，遮陽傘細意罩着每張桌子。庭院的這一邊是餐飲店，另一邊是拱形建築，玻璃外牆上光影晃漾，是誰，斟了一盞盞陽光美酒，為什麼讓人有點醺醺然？

拱形建築落成於二〇一五年，出自建築家安藤忠雄的手筆。磚造建築與拱形大樓之間，悄悄流淌着百多年光陰小河。

磚造建築始建於一九〇六年，是為帝國圖書館。一九二九年擴建，文藝復興的樣式於焉誕生。日本戰敗後，帝國圖書館改稱國立圖書館。一九四八年，國立國會圖書館創設後，這裏一直作為分館使用。直到一九九八年，決定改作首個國立兒童圖書館，並於二〇〇〇年正式開館。這時候，安藤忠雄揮筆譜寫新的建築篇章：既完好保留舊磚造建築風格，又增添晶瑩輝光。安藤把正門入口以及餐飲店收納在二個玻璃箱中，舊建築背面的牆也橫貫於玻璃箱內。

舊建築三樓的新玻璃箱走廊，是休息時瀏覽庭園與拱形大樓的好地方。昔日的普通閱覽室，現在作為「書的博物館」，定期舉辦不同的主題展覽。邊上的禮堂，一行行木椅整齊排列，有時會舉行以兒童為觀眾對象的音樂會。座位後邊有幾個常設展示櫃，介紹圖書館的歷史與變遷。一九〇三至一九二〇年來賓名簿上，壬子十月的一頁，康有為與犬養毅等人簽下名字。不管是宮澤賢治或芥川龍之介，不約而同都曾刻畫帝國圖書館那高高的天花板、大大的窗戶，以及陰森冰冷的氣息，環視光明晶亮的圖書館，不禁感到如幻似真。

二樓的「童書畫廊」，依年代先後展示圖書，瀏覽一遍，即概觀了解明治以來兒童文學史與繪本史。這裏昔日是特別閱覽室，古雅的桌椅大概沿用至今，四根白色圓柱上有花草雕飾圖案，天花板上獨特的鏝繪（鏝，塗抹泥灰的抹子。鏝繪即用鏝塗抹泥灰描繪出動植物浮雕裝飾），請細細觀賞。隔壁是資料室，所藏圖書以面向初中高中學生為主，自然也歡迎任何一位前來的讀者。

出了資料室，穿過玻璃箱，特意前訪拱形大樓的兒童書研究資料室。這裏有日本的教科書、各國的繪本，以及與兒童圖書相關的資料開架閱覽使用，另有一半藏在書庫裏。我背着背囊登門，館員禮貌地説着什麼，情急之下，以日語回一句「不明白」。可惜！頃刻，日語就轉換成英語了。我取出筆與小本子，把背囊存放儲物櫃，又回到了資料室。

有個書架原書與譯本並列展示，隨意取了瀨田貞二著、林明子繪的《這是什麼日子？》看，此書一九七九年初版，二〇一五年第九十四刷，由福音館書店出版；彭懿、周龍梅合作中文翻譯，新星出版社出版。天真無邪的小女孩，在父母的結婚紀念日，寫了一張張小紙條給母親，一步步指出送給父母的小禮物藏在哪兒。我要是一名小學老師的話，一定讓學生寫下自己的小紙條，編成故事。復翻看了展示的二本獲獎作品，《屋頂上》的作者、繪者名字都是平假名，分別是かみやとしこ、かわいちひろ。小童書全篇故事都用假名（日語字母），字句之間有適當的空位停頓，讓還沒學習漢字的小讀者能自己閱讀，以假名標示名字大概也是為了更親近小讀者。此書獲第二十九屆小川未明文學獎。粗看幾頁內容，覺得真切感人。另一本是佐藤多佳子的《平安夜》，獲第六十屆小學館兒童出版文化獎，文庫本的小開本，封面上黑白琴鍵，十分符合這部音樂青春小說。

童書作家有一顆溫柔纖美的心，似柔若無骨的初生嬰孩，觸探大千世界。正是這一份獨特氣息，讓長大的成人也仍然珍愛童書吧。

韓應飛仔細告訴我，教德語的外山先生說，國際兒童圖書館的建立，得力於美智子皇后。她還是皇妃時，訪問德國，參觀了兒童圖書館，希望日本也建立自己出色的兒童圖書館。其後，政界、官僚、經濟界（日語：政官財）攜手合作，國際兒童圖書館終於誕生。至今，皇后美智子仍擔任國際兒童圖書評議會名譽總裁。

為了拍下整座圖書館的身影，我跑到對面馬路上。一位優雅的老太太經過，不禁為我惋惜：「残念ですね。」因為，建築外牆正在加固整修，文藝復興樣式都包裹

起來了。我辭不達意仍然讚歎着「綺麗」，老太太連聲說「ああ、ごめん。ごめん。（不好意思）」

多麼明亮、出色的圖書館啊！下回一定要用日語這麼說！

從東京回到香港，正值春陽煦煦，與紫薇敘談，那麼尋常卻那麼神秘，更加意識到，國際兒童圖書館之訪多麼美好。

紫薇掏出紙袋，取出《潤物無聲——何紫和那時代人物訪談集》。從文稿到書稿，何紫薇、馬輝洪二位編著與責編，從字句到標點，從資料、注碼到眉題，以至圖片說明到文圖配搭，無不如臨大敵般，恨不得以金睛火眼校看。觸摸封面的這一刻，紫薇笑意盈盈說：叔公（何幼惠先生）的題字——潤物無聲，凸印技術竟完好的呈現筆墨暈染。經她這麼一說，注意到確實墨瀋淋漓，不禁誇獎她：「的確是做稿人。」三人行，必有我師焉。做這書稿，多番如此感觸。

紫薇反覆說，對馬先生提起，書稿付梓後，我剛好去日本，並且逗留一個月之久，她隱約覺得，就像替她父親去一趟日本似的。最初聽紫薇這麼說，並沒有多想什麼。紫薇說過，父親去世三十多年，並非常常懷念他，而是總有忘不了何紫的小讀者，反而一次次牽引她想念。我由是知道，忘不了何紫的，除了讀者，還有學術研究者。這一天，紫薇說，多年前，關詩珮也像我，主動來找她，其後完成論文

《「『漢』文『和』讀法」——何紫兒童文化事業中的日本記憶（七〇—九〇年代）》。關詩珮別具慧眼指出：「何紫的一生，與日本結下了不解緣。……他的傳記刻畫不少日本侵華的文化記憶，而他一生矢志通過知識理性去了解日本。」八十年代，何紫出版深度閱讀日本的優質讀物。他的小說飽含中港及中日兩地人民交往的細緻感情，反映兩地人民戰後自強的精神。不諳日語的何紫，靈活變通，通過日文漢字來打開這扇日本的文化大門。

何紫先生（一九三八——一九九一）生命五十三載光陰，不辭勞苦，幾乎每一天都熱誠奉獻給文化志業。他做事幹勁十足，聽着我們這麼談論，一定會急切說——香港，香港也馬上起一個光之兒童圖書館吧！館裏要有一個別致的童話鐘，每到整點，童話人物、動物在音符中登場——

二〇一六年初訪紫薇。我問，何紫這筆名，是隱隱包含「何止兒童文學」的抱負之意嗎？還是莫以名之，已悄悄想着，做了父親給女兒改這個名字？當時的回答我仍然完好記得：「先有何紫，才有何紫薇。」這般父女情，延伸至何止文庫基金會誕生，第一本出版物正是《潤物無聲》，並且超乎想像，有助於開拓斯民斯土文化歷史的探索研究。

中日文字密切相關，是政治陰晴變化無法阻攔改變的。新曆除夕，日語稱之為大晦日，自然是沿襲中國傳統並融匯西洋習俗的結果。而我們自己呢？朔、望、晦，分別指農曆每月的初一、十五與最後一日。看古書時，大概都明白所指，可在日常生活中，早已不再使用了。由是，每每遇到一些日語漢字，猛然一記鐘聲敲響——宿（旅館）、鉢（盆，例如一盆花）、駅（車站）、切符（車票、電影票等）、懐炉（暖貼包）……。

新的一年，繼續好好學習。文字，敞開的世界又寬又廣，言語無法形容……。

我彷彿聽見何紫先生的殷殷叮嚀。

二〇二三年一月廿一日動筆，廿七日完成第一稿

美的京都

一

渴望尋找美，凝視美，親近美，思索美，去京都吧；即使，這裏的美也包含着缺陷以至傖俗。

二〇二二年除夕，在東京站乘新幹線出發前往京都。車站的售票機前，都擠滿了一個個隊伍。一年將盡的大晦日，人們都放下了城市的工作，急切趕回家鄉。到了開往京都新幹線的月台，穿越人潮，到自由席的候車處等車。不到五分鐘就有一班列車開出，這一班太擠了，就欣然等下一班。終於，舒適地入座，把東京一片片飛速地往後挪，前往目的地。

京都寺院一百零八下除夕鐘聲，川端康成(一八九九—一九七二)小說的片段，自大學時代起莫名地銘刻腦海，雖然，並不真切了解佛教之義，所謂一百零八下鐘聲可以滌除人生的一百零八種煩惱，更無由知悉「叩一百八聲者，一歲之意也。蓋

年有十二月、二十四氣、七十二候（每五日為一候），正得此數。」（明人郎瑛《七修類稿》）

不管是東京還是京都，白晝都十分短暫，一到下午四點，就彷彿是香港的黃昏六七點鐘了。晚上十點離開飯店，四周一片黑寂寒冷，抖索着，可心情十分明快。在三條河源町站下了公車，千真萬確——竟走進商店街，在游龍蜿蜒的天篷下左穿右插，京極門前長長人龍驟現眼前。啊，來晚了嗎，拿不到票怎辦？這時候大概是十點四十分。約莫十點五十分，從僧人手中取得了第八十號籌，高懸的心，終於輕輕放下。不久，什麼聲音觸動了耳膜？啊，是第一計鐘聲！幾分鐘後，又響起。恍然一悟，一百零八下鐘聲，一聲聲，由一百零八人／組依次撞響。起初，並不覺得隊伍向前挪動，可到了十一點四十分，我們已挪向了佛寺門前。終於並立於鐘樓前。木柱子圍繞着的鐘高一百四十厘米、口徑長八十六厘米、重五百六十公斤，鐘前鐘椎橫懸，椎的中間繫着垂下的麻繩。僧人站在側邊與我們點頭行禮，喃喃念頌，一聲「請」，我們馬上雙手緊抓繩索，把鐘椎撞向鐘去。啊，這一聲夠響嗎，能從煩惱堆裏醒悟過來嗎？

撞鐘，一聲聲，送走了除夕，元日，不早不晚來到。撞鐘後沒有離開的人，在燈燭通明、爐火熊熊的本堂裏席地而坐靜待修正（正月的意思）會。在和尚的喃喃中，心裏很悲傷也很恬靜，莫名所以。意識到踏進新年了，心裏紛亂的情景交織一片。商店街市井味十足，排隊時適值垃圾車鬧哄哄出動，人們連忙向一邊退避。千呼萬喚始經歷的撞鐘，沒有按照川端的小說前往百萬遍知恩寺，而是毅然衝着誓願寺而來，反覆聯想着平安時代女作家清少納言和紫式部都在這所佛寺裏走向彼岸。實地參訪始知，所有的美和失落，始終始終脫不開人間煙火。一如出塵的蓮花，不能沒有生長的淤泥；而遺憾與失落，經百折千迴，竟可能締結並創造美。

出了寺門，在路邊等計程車，又看見溫靜的少女，白羽絨外套，正匹配她的氣質。修正會上，她始終凝神專注，眉睫隱約晃動，也特別文雅。其間，另一個少女，先是坐立不安，繼而起身，在人群裏穿插拍照，其後，戛然消失了影蹤。坐上計程車時，司機問：「是去新年參拜嗎？」和悅聲中似帶着驕傲——難道不是嗎，在京都體驗撞鐘、初詣格外有意義，京都以外都無法相比吧。司機還關切問，去八坂神社了嗎？

二

走過的無數道路中，有沒有回過頭來，欲與之喁喁細語呢？京都，有這條路。除夕。初詣。不意更增添元日午時哲學之道散步，美好與美好重合。

京都神韻，請從銀閣寺，哲學之道起步領會。如是按圖索驥而行，細細體會到：過新年，再沒有比元日哲學之道漫步，更有意義的事。營營役役的人生，有一個空間，有一些片段，自由認真地思索，親近探觸真善美，最為珍稀。

哲學之道就是琵琶湖水道支流的白川畔兩公里長的路。水道原是為了發電而修築，而哲學家西田幾多郎（一八七〇——一九四五）則河畔徘徊流連，苦思冥想。

西田與鈴木大拙是石川縣專門學校（後改稱第四高等學校）的同窗好友。西田東京大學畢業後，任教石川縣四高，其間，兩個女兒夭折；四十歲（一九一〇年）這一年西田方來到京都大學執教。一九二三年，長子去世，兩年後，第一任妻子也去世。死者長已矣，存者心悲淒，卻仍然繼續在哲學之路上下求索。一九七二年，這條數之不盡哲學腳步踏出的兩公里長路，冠名——「哲學之道」。

兩公里的路，一共有三塊木石寫着哲學之道的芳名。每一看到這麼好的名字，心裏就跟着多念一遍：可不要輕易辜負好名字。途中有西田的草書歌碑，大意為：「他是他，吾為吾。吾之道，一往矣。」這裏，每走一步，似乎都教人內心湧起詩意與敬意，一欲抖落一身塵土，重新好好學習思索探究。周遭，湖水、草木、房屋、寺院，無不清新怡人，質樸自然。正月時分，一樹山茶花笑容可掬，南天纍纍果實殷紅欲滴，越冷越加精神煥發。住宅門楣正中勾着蝴蝶結，若比女孩子頭上的大二三十倍，那叫門松。門松最上邊是草繩圓環，圓環下松枝與白紙帶編成流蘇似的樣子，圓環正中，着一顆明亮黃橘似點燃的小燈。而店鋪門前分別樹立兩側的門松高及腰身，松枝、南天與葉牡丹精心搭配。我們從東京來到京都，眼看着，京都的門松裝飾勝於東京。

哲學之道邊上，有許多精緻的咖啡店。適值新年假期，都關了門。花樹掩映下，不時看見人們坐在長條石凳上喝一口保暖瓶裏的熱茶水，再吃幾口小麵包。附近一帶，不管是銀閣寺還是南禪寺，都一氣沐浴着素心美。不沾一分華麗，美，卻讓人咀嚼不盡。

哲學之道這一帶，最教人珍愛京都。暖融融的美，教人一心呵護愛惜。

三

細細參訪了銀閣寺、漫步哲學之道，到南禪寺時，腳已乏力，略略走馬看花而已。接下來三天，一日專訪一個地點，依次是東寺和東寺塔頭（本寺院內的小寺）觀智院、清水寺與二條城。

進入東寺前，先經過一大片停車場空地。另一邊，有各種小攤子雲集，有賣吃的，賣小玩意兒的，琳瑯滿目。一個白蛇神相命攤子，果真有白蛇腰身扭動升騰，教人吃驚過後，不禁笑說，冥冥中有蛇神？東寺以觀賞佛像藝術聞名，果然名不虛傳。講堂內有一尊像，吸引人從正面走倒側面和後面久久凝望。那是佛教的護法神梵天像。梵天四面四臂結半跏趺坐於蓮花座上，蓮花座樹於矯健的四鵝上。鵝或抬頸，或引頸高唳，或向前探頭。一邊看，一邊在腦海裏組織起一格格畫面，竟然連成了動畫，不禁瞬間感受到雕刻家的幽默與親切。又瞧着梵天手執的拂塵，不禁笑問，怎麼有點像粗毛筆呢？離開東寺進入觀智院，頃刻間，融入建築與庭園幽致的環境中。一絲不苟掃出紋樣的白沙，堆置的石頭，栽種的樹木花草，無不恰到好處。客殿壁龕，完好展示被尊為劍聖的宮本武藏的《鷲》與《竹林》圖。可惜年代湮遠，墨跡漫漶，只能隨興猜想。在遊廊裏穿越，瞧見抄經室，一張張矮几整齊排列。多渴望在這裏坐下抄經。木構建築，榻榻米，糊在隔扇上的白紙，透進來的室外光線，無不沁着溫暖芳馨。離開時，買了松榮堂的香皿、香座和白檀香，意欲攜一縷馨香告辭。

清水寺本堂前懸空的「舞台」，就好比京都的舞台，遊人總是絡繹於途。二〇一七年初訪，舞台正在整修，緣慳一面，二〇二〇年後整修完畢，卻有疫情阻隔，幾年過去，始得再度重遊。清水寺一帶有產寧坂、二寧坂和花街，商鋪林立，古雅氣息撲鼻，不能怪人們總是傾巢而出。我們原來美美的想着，吃過伊諾達咖啡店（イ

哲學之道。

人山人海的清水舞台。

ノダコーヒ）清水分店的早餐後訪清水寺。一遍遍瞧着手機地圖，一遍遍往返坡道，後來問了一家店員，說是沒有了。啊！就是關門大吉了。進了原址的新店，從落地窗望出去，依舊是美好庭園，可朋友坐着坐着氣不打一處來。他連連說，咖啡用紙杯，機器一壓，堆出一團栗子蓉，再盛在塔上，成什麼樣子啊。經典老店的失落，讓他十分激動。出店後，爬上仁王門，人山人海，不免有點敗興。可想到重修的舞台，還是忍不住想去看看，朋友則在這裏等我。不知不覺，在肩摩轂擊的人群中，卻覺得異常感動。彷彿小時候盼着盼着，好不容易過年了，一片熱鬧非凡降臨人間。有一對男女特地着美麗和服，趿一雙木屐，一開腔，竟然是廣東話。他們興致不減，在滿滿人身中，腳架、相機全副裝備，勾勒美麗倩影。既瘋狂也認真。匆匆走過，印象最深刻的，始終是四面吵吵嚷嚷中，文風不動，在菩薩前專致發願或念禱的身影。靜定的力量，渾身凝聚。

汲取一絲靜定力量，我衝破人潮，從清水寺趕緊「撤離」。

翌日參觀二條城，由此對大政奉還這一段歷史得到生動印象。歷史發生的場景，正是二之丸御殿大廳。方正、閎深的空間，醞釀肅殺整飭之氣，一聲棒喝，歷史的轉捩點衝破堅壁，雄滔滔地推至四方。二條城昔日為手操大權的幕府辦公地，建築、繪畫、庭院佈置均有聲有勢。這裏的隔扇畫出自狩野派畫家，可是，不管是植物或動物，總覺得張牙舞爪似的，能放不能收。不由得不想，人文化成，包含了怎麼樣的心平氣和謙恭誠悃？是的，又想再一遍以至無數遍哲學之道漫步。

四

京都的最後一天，早起，在陽光閃爍的鴨川邊散步，平伏憂煩。最近飯店的是御池橋，不消幾分鐘，就可走到三條橋上。三條橋的木欄杆，古雅溫潤。「東山如熟友」——在京都看見山，恨不得每座都是東山。清水寺在東山區，哲學之道附近有東山高等學校、東山中學校等，抬頭一望見山，就想——是東山嗎？河岸草地上有地圖，憑地圖確認位置，眼前大概是西山。地圖上標示着橫跨鴨川廿四道橋的名字、距離，繪圖下有「京都府守護鴨川美協會」①署名，這個機關值得驕傲，他們治理的是一級河川。

鴨川聚集了許多水鳥。鳥和人習慣了相處，見着人，也不必驚怕遠飛。有一回，和友人聊起觀鳥。我說，紫鸕鶿的羽毛，在陽光不同角度折射下，紫、黑、

---

① 京都府鴨川を美しくする会。美しくする可譯作「美化」，且試譯作「守護美」。

滌除憂煩的鴨川。

鴨川岸上的地圖，仔細標明了廿四座橋。

藍變幻着，有時還現出白斑點，好比瞬息換衣似的，難以辨認。友人笑說，鳥若看你，更加覺得你衣裳斑斕，弄不清到底哪個是你。聽此莞爾，卻恨恨，鳥哪有閒工夫看人？友人最後說：幸好紫鷫鷞獨特的褐紅色虹膜可作識別。

鴨川靜美，教人不禁想起誰說過的，也許是常常看水，成了美人。所謂伊人，在水一方……。恍然一悟。

過橋時，眼前川端道橫展，沿路走下去，可到達京都大學麼？梅原猛（一九二五—二〇一九）仰慕西田幾多郎，立志考上了京大，由此結下京都地緣，在這裏治學、生活以至終老。梅原佛學研究精湛，並且熱心向年青學子講授，在冠以東山之名的校園裏曾專門開堂講課。朋友說，梅原初見川端，竟有勇氣直說——你改變了我。川端默許，揮毫寫下「東山如熟友」的墨寶遺贈。那氣魄儼然是「識英雄重英雄」。

沒去京大。集中精力專程參觀京都國立博物館。

不曾看過溥儒真跡，這回幸會台灣借展而來的佳構。《墨馬圖》，畫家自題「取龔開筆墨」，駿骨嶙峋，簡勁有力。《猿聲寒渡圖》活現李端《巫山高》「猿聲寒過水，樹色暮連空」之詩意。多幅仕女圖，筆透秀韻。當今，早已失落這般文人畫！

有關兔年主題的展覽中，展出《月兔雙鵲八花鏡》。讓人會心一笑的是，日本人以為兔子搗的是年糕。原來不必總派上搗藥的任務，不必老是巴望長生不老。這是因為日語「望月」（滿月）與「餅つき」（搗年糕）發音接近②，於是，月中兔子搗藥的傳說從中國傳到日本，變成了搗年糕。

這一天，沉浸在博物館裏京都氣息中，卻也到了辭別的時刻。給母親發去京都照片，她看後一言概之，來來去去不過就是看寺廟！可是，看京都佛寺，永不饜足。在京都，油然感受到去來今③往來無阻：現在，亦是昔日的現在，推想開，未來仍完好保留着無數昔日的現在。

京都，教人有這些翩翩聯想，因為，多少人多少心血，嚮往美，守護美。

---

② 「望月」與「餅つき」讀音分別是 mochizuki 與 mochitsuki。

③ 蘇軾《過永樂文長老已卒》，記與禪院長老文及初識，旋知其病逝，最後只能深情懷念老友。詩云：初驚鶴瘦不可識，旋覺雲歸無處尋。三過門間老病死，一彈指頃去來今。存亡慣見渾無淚，鄉井難忘尚有心。欲向錢塘訪圓澤，葛洪川畔待秋深。

必須離開的一刻，輕輕説：京都，我們還要再來，在這裏盡情呼吸。呼吸空氣中每一口美。

二〇二三年二月廿二日
動筆，廿七日初稿完成。
三月二日改定

有這本小書（後記）

有這本小書，打從心底向見過面與沒見過的編輯以及好友，說一連串感謝感謝。

譚生說，不寫，太可惜了。

靜那麼大方地說：「要是你在我們這邊的話，也是寫的人。」我每見到鵲鴝，連忙效颦靜見到喜鵲，說：「好好寫些什麼吧。」

紅芬說，閱讀也很重要；離職《大公報》時，特意叮嚀接任的年輕編輯關照。接着，「大公園」版榕欣安靜地讀與編，「文學」版濬東認真讀並認真問。

雲文章行雲流水，朋友稱讚她結尾最顯巧思。因為雲，小文刊於新加坡《聯合早報．名采》。其後瑩接上，也十分用心、可靠。

翻閱《城市文藝》雜誌，紙墨間觸摸到編輯的心血、熱情。其間偶爾讀到梅子先生的文字，流露「寫」的功力。

浩榮替《香港作家》組稿時，也邀約我一份。最初最初你來暑期實習，我們的桌子相連，談談文稿也一起吃吃零食，時間越久，這情景越來越生動。

謝謝文尖。得到青睞，至今不敢相信。

小熊，我第一本小書的責編，現在換了軌道，仍然為我細讀書稿，而且比我更可靠。

初文出版社漢傑這個小伙子，開朗愛笑，多希望他像外表那般無憂無煩。年紀青青，腹內已存一部香港文壇掌故，並且廣東話悅耳動聽，雖然不是中山人。什麼時候，大家再嚐《週末飲茶》？

清淇，第三件書衣裳，仍然有賴你勞心勞力。盼望常常不修邊幅的你，再給我做第四件、第五件……書衣裳。

感謝實事求是，認真較勁的沈姐。你的意見我常常當下不服，稍過時日，卻不得不改。這情形十分像從前父親改我的習作。

還得謝謝《明報．世紀》版，以及《字花》。說起來，《大公．文學》、《香港作家》都已停刊……

抵達星辰的夢想（代後記之一）

對畫家而言，死亡不是最困難的。閃爍的星星激盪着夢想。我無法觸摸天上的星光，或許，死亡，引領我抵達星辰。

這是梵高寫給弟弟西奧信的內容。梵高傳記動畫片《至愛梵高》（*Loving Vincent*，二〇一七年波蘭和英國合作拍製，多蘿塔．科比拉和休．韋爾奇曼執導，二人還與雅扎克．代賀納共同撰寫劇本）中，西奧的未亡人把這封信抄寫贈給阿曼德。因為阿曼德不辭辛勞，切實體驗梵高狂癡決絕、為藝術殉命的一生歷程。

有無與倫比的畫，復有詩歌《星光夜——梵高百年祭之一》：

百年前的今晚，你的目光
曾經升入這一片星光

永不熄滅的煌煌天市
一場永不落幕的盛典
敞向台下一代又一代
來去太匆匆的觀眾
不，那夜只有你一人
山底的小鎮在星光下
全睡着了，只有教堂舉起了塔尖
坡上的柏樹揮舞着綠焰
陪你的燭光一同祈禱

詩寫於二〇一〇年。愛畫懂畫的詩人余光中（一九二八—二〇一七）是畫家的知音，壯年時翻譯了《梵高傳》（伊爾文．史東著，台北：九歌出版社），二〇〇九年全書修訂一通重新出版，紀念梵高去世一百二十周年。

《星光夜》一詩讓人想起傳記的許多片段。高敢（詩人妙譯，通譯「高更」）和梵高的爭執勢如水火。梵高宣稱：「我可不要冷靜作畫，你這白癡。我要在熱血奔騰的時候畫！這就是我來阿羅的原因。」（頁五〇九）「就是說這個，高敢。迸自麥田裏的小麥，瀉下澗谷的流水，葡萄的汁液和流經一個人的生命，都是一體，都是一物。生命惟一的和諧便是節奏的和諧。我們大家都隨着它跳動的一種節奏……當我畫一位農夫在田裏工作，我要別人感覺那農夫生命正向下流入泥土，和玉蜀黍一樣，而泥土的生命正向上流入那農夫。我要他們感覺太陽的生命流入農夫，流入田野、麥、犁和馬，正如它們的生命也都流回那太陽。你必須先感覺到世上一切東西都賴以運行的無所不在的節奏，才會了解生命，只有這個才是上帝。」（頁五一一）

梵高畫的精神氣韻，都包含在上述話中，以及《星光夜》詩中。《至愛梵高》中，嘉舍女兒馬格麗特每天都到梵高墓前獻花。她由衷說：綻開的花，草的光澤，生命任何細枝末節，在梵高眼中都絕不渺小絕不簡陋，他全身心熱愛生命。

這麼溫柔的梵高，僅僅出自馬格麗特心中口中。不愧是莫逆，知己。

梵高生命最後的六十七天，處身奧維，與嘉舍醫生密切往來。嘉舍醫生對阿曼德說——梵高的靈魂一刻都不安生。他渴望每天畫畫，想到一時半刻不能畫的話，教他陷入恐懼徬徨。他繪畫的星空無邊無際，卻那麼虛空。他害怕拖垮西奧，放棄自己，等於拯救西奧。西奧得了梅毒，第三期了。西奧支持梵高畫畫，失去支持，畫畫的條件也等於不復存在……

任何人間痛苦，梵高一概毫不退縮，畏懼，只有不能作畫，攔截扼殺畫家的生命。嘉舍醫生把西奧太太收藏的信拿給阿曼德看，信的內容可見梵高創作的起點——

我是誰？我什麼都不是。我沒有任何社會地位。就算這樣，我希望後人能看到我的作品，並從中了解我心中燃燒的一團火。

傳記有個片段描述畫家陷於低谷：梵高對自己說，就算西奧沒有失業，就算他還能按月寄給我一百五十法郎，「我這一輩子又怎過呢？我所以能捱過這麼多年的痛苦，完全是因為我不得不畫，不得不將我心中燃燒的東西畫出來。可是現在，我心中再沒有什麼在燃燒了，我只是一個空殼了。」（頁五八七—五八八）

吞噬天才的黑洞，究竟為何？《梵高傳》中有這個解答：「他作畫，因為他不得不如此，因為繪畫使他內心不至於過分痛苦，因為它能分他的心。他可以不要妻子，家庭，兒女；他可以不要愛情，友誼和健康；他可以不要安全，舒適和食物；他甚至可以不要上帝。可是他不能失去一樣比他偉大，等於他的生命的東西——創造的力量和天才。」（頁四七二）

《梵高傳》描寫畫家舉槍前瘋狂着墨《麥田群鴉》，滿紙死亡畫意，「可是一個人是無法畫再會的」，「他仰面朝着太陽，他用手槍抵住自己的腰部。他拉動扳機。他頹然倒地，把面孔埋在那豐盛而辛辣的沃土田中，一具更富於彈性的塵軀，回到他母體的子宮裏去了。」（頁五九一）

自然，梵高的死亡在兩天後。

要是尼采邂逅梵高，二人最是心意相通。

ＢＢＣ一部尼采紀錄片總結說，尼采對現今的意義是，他令人不安的遠見，脫俗的想像，他看到的深淵人們卻視而不見。他最痛恨沒有理想，平庸。他以為天上美麗的星辰，一如美好的夢想，又像每個人的潛能，要好好加以發揮。

梵高（一八五三—一八九〇）和尼采（一八四四—一九〇〇）的生命在時間點上重合，卻走在永遠不能交匯的平衡線上。

平庸、不公平的人世，惡對天才。

「心中燃燒着火種」的人，教人景仰欽服。他們來人世走一遭，為了給奄奄一息無理想無渴求死水一般的生命有所對照、激勵，以及鞭笞。

《至愛梵高》以外，法國導演莫里斯．皮亞勒（一九二五—二〇〇三）一九九一年已拍攝了電影《梵高》，片長一百五十六分鐘，並早於一九六六年拍了同名的黑白紀錄短片。

電影映後座談，黃愛玲女史別有會心指出，皮亞勒電影開頭梵高作畫的手，正是導演自己的手。梵高奧維時期最後的六十七天，在導演眼中，儼如常人，天天作畫，一如日日吃喝拉撒睡。

仰盼梵高高遠的星穹，教世人嚮往，美好星光的夢想熠熠生輝，卻離不開基本落腳點着力點，吃喝拉撒睡般，天天作畫……

愛玲女史把眼光投向瑣細事物，不意道出了赫赫真相。

二〇一七年十二月廿二日，冬至

梵高兄弟的擁抱（代後記之二）

西奧（一八五七年五月一日—一八九一年一月廿五日）使力擁抱哥哥梵高（一八五三年三月卅日—一八九〇七月廿九日），他們並躺在瘋人院的病牀上，電影鏡頭把立體空間排除在外似的，沒有豎着的牆壁和窗口，只有像畫卷平攤展開大大的枕頭和枕前兩兄弟的臉孔特寫，接着，梵高內心的聲音緩緩流淌，對弟弟訴說着內心的恐懼。梵高說，有時候有幻覺，一朵花或一個什麼東西對他說話，有時候帶着善意，有時候，卻帶着不可理解的敵意。西奧沒能說什麼，只有使勁抱着哥哥，像抱着發抖的孩子般。

電影《梵高：永恆之門》（*At Eternity's Gate*，導演舒納貝 Julian Schnabel，二〇一八）這個鏡頭一下子翻過去了，直到看見愛德華．蒙克（一八六三—一九四四）《病中的孩子》這幅畫，那相似的構圖，直讓人內心訇然一響——會心處，不必在遠。

《病中的孩子》與《永恆之門》，都鏗鏗有力，描摹了心靈幽秘。

生病的女孩分不清是坐是臥，她背後的大枕頭有一半畫幅長，托着她的側臉和上身，她的下半身覆蓋在被子裏。女孩身旁，一個婦人頭低低下垂，挽在腦後的髻子朝上翻起。婦人雙手握着女孩的一隻手。畫上有一角略略掀起的窗簾，窗簾前小桌子上擱着一個玻璃杯。畫的另一側前方，是一個矮櫃子，上面擱着一個藥瓶。

蒙克的一些畫中有窗戶，他說：「我帶着病進入世界，活在一個病態的環境中，對年輕人而言，這種環境固然有如一間病房，但於生命而言卻是一扇經陽光照射，明亮無比的窗戶。」在《病中的孩子》畫中，稍稍掀起一角的窗簾依然無法透進一絲明亮，只有婦人和孩子的手緊緊握着，彼此心靈相通。且不必理會這婦人和女孩是母女還是什麼關係。

《病中的孩子》是蒙克早期作品，一八八六年，與另外三幅作品同在奧斯陸秋季展展出，遭到一片惡評。蒙克自己說：在挪威從來沒有一幅畫像這樣激起如此大的憤怒，在展廳裏，人們擠在這幅畫前，盡是謾罵和嘲笑。走在街上，最受歡迎的藝術家溫徹爾向他吼道「騙子畫家」，「你作畫有如一頭豬，愛德華。沒有人像你這樣畫手的，它們看起來像敲粉牆的錘子。」蒙克沒有因此卻步，他堅持自己獨特的創作之路，一八九一年，蒙克寫道：「我覺得我離大眾所喜好的越來越遠，我感覺到，我還會激起更多的憤怒。」

蒙克差不多每十年重複畫一幅《病中的孩子》，形成了一系列同名畫。女孩側臉向右或向左，畫中其他細節滴水不漏重現畫上。疾病奪走親人的生命，是蒙克多番真切經歷的痛苦。活生生的現實，以及痛苦，蒙克並沒有冀求消釋化解，而是一次次回頭碰觸，從畫布上重新出發。對此，應該怎麼理解呢？有評論者指出：「在重複過程中，蒙克一方面吸取已完成部分的特色，一方面，探索過去未曾表達的部分。既保留了記憶的成份，並且有所創新，產生更佳效果。」

生動淋漓的痛苦，憶記，這一股暗湧奔騰翻滾，尋找創作的出口。看這一系列畫時，畫面不是靜止的，似乎畫家就在跟前，痛苦，卻忍不住回憶，堅持作畫……

病中孩子，瘦骨支離，生命的火焰一天一天微弱暗淡，油盡燈枯的一刻奄忽而至，可是，比起身旁的婦人，女孩一雙眼眸炯炯有神。一雙清亮的眼眸，在幻滅跟前——似乎領悟了什麼，瞭然於心。在生死邊緣，女孩領悟到了什麼，而畫家，一次次重畫，理解到女孩的領悟同時，自己又獲得哪些啟發領悟？由此，聯想到創作的艱難，以及不顧一切下決心完成的抉擇。好比寫作，每一回寫，幾乎都是從零開始，以往的經驗絲毫不保證這一回也寫得成，舉步維艱之際，每每都想抽身而退，棄甲而逃，最後，在總是不順利的情況下，仍然沉住氣，一字字向前探索。終於，在每個拙笨、困蹇、踉蹌的腳步中，一步步抵達目的地。生命的河流淌不息，困厄之際堅定前行，哪怕多麼乏力無助，卻隱隱感到似乎哪裏生出了力量。這個過程，神秘，無法言說，卻教人感到親切莫名，為了探索心靈，走上了必由之路——相比之下，「保留了記憶的成份，並且有所創新，產生更佳效果」，反而顯得不重要了。

藝術家特立獨行，即使一生飽受冷眼，最終都完成了寶貴的創作。

在蒙克身後，一代代人看他的畫；在梵高身後，不但一代代人看他的畫，並且讀他的信。在精神病院裏，他給西奧寫信說——一個人應該堅強面對現實命運，因為裏頭包括了一切真理。這裏的人們對我太苛刻了，他們明知道把我放開，我也會很安靜，他們卻偏偏妨礙我的藝術創作，把我關得緊緊的。

梵高的現實命運和真理，或許就是藝術創造。梵高兄弟的書信為人所熟知，而病榻上梵高徬徨無助，幸有弟弟的擁抱與聆聽，誠為《永恆之門》導演的神來之筆。梵高去世半年後，一八九一年一月廿五日，西奧相繼亡逝，陵墓緊挨着梵高。法國歐維墓地上，兩兄弟的墓碑依依相隨。

二〇一九年一月廿日初稿，
七月八日改定

本創文學88

時光

作　　者：陳　芳
責任編輯：黎漢傑
友情校對：熊玉霜
封面設計：洪清淇
內文排版：陳先英
法律顧問：陳煦堂 律師

出　　版：初文出版社有限公司
電郵：manuscriptpublish@gmail.com

印　　刷：陽光印刷製本廠

發　　行：香港聯合書刊物流有限公司
香港新界荃灣德士古道220-248號
荃灣工業中心16樓
電話：(852) 2150-2100　傳真：(852) 2407-3062

海外總經銷：貿騰發賣股份有限公司
電話：886-2-82275988　傳真：886-2-82275989
網址：www.namode.com

版　　次：2023年10月初版
國際書號：978-988-70075-7-9
定　　價：港幣88元　新臺幣320元

Published and printed in Hong Kong

香港藝術發展局
Hong Kong Arts Development Council 資助
香港藝術發展局全力支持藝術表達自由，
本計劃內容並不反映本局意見。

香港印刷及出版